朱西甯作品集10

小說家者流

朱西甯　著

目錄

這場嘎嘎兒

姥姥緊隔壁的平家，今天娶媳婦。娶的是不到里半路的伏村伏家的老閨女。

平家伏家，在姥姥和妗子口裏，都說平個伏個。說「娘家」也說「娘個」。姥姥這裏離咱們家才不過十六里地，儘管叫的是大里，也遠不到哪兒去。早起打咱們家步輦兒，露水沒乾，就到姥姥家。只這麼遠，口音就有點彆扭。

娶媳婦就是娶媳婦；看新娘子、搶爆竹，遮不過就是這些。喜酒、坐席，都輪不到咱們小孩子。可又似乎不是咱們小孩子想的那麼直來直去；姥姥、妗子、還有七姑八姨的，盡是平個伏個的論道不完。說甚麼兩家不是打小訂的親啦，伏個閨女在娘個不規矩啦，這個世代不興女的比男的大啦……總不外這麼閒牙嚼着閒舌頭，論道起來又總是偷一樣的戚戚察察怕人聽了去。

既然怕人聽了去，看我的，拼高了嗓門兒叫叫看：

「女大兩，黃金漲！女大三，黃金山！……」

姥姥立刻變臉的喝住我。真靈驗哪！

「女大四，沒意思！」我不管，直着喉嚨叫：「女大五，賽老母！女大六，不長壽！」

來不及有板有眼的拉調子唱，搶着喝粥是的，一口氣數下來，姥姥火了，姥姥比佬爺大五歲。女的大男的六歲，原沒有甚麼講兒，是查遍「廿五有」韻，現謅出來的。只是數九九，就沒謅出八九。一九二九不出手。三九四九凌上走。五九中心臘，河裏凍死連毛鴨。六九沿河看柳。七九六十三，路上行人把衣寬。九九八十一，貓狗尋蔭地。單單就是八九沒的講，謅來謅去的謅不出。平家新媳婦是比新郎倌大四歲，我那麼大聲喳呼，姥姥敢情急了；要是給鄰院平家聽去，人家不說小孩子不懂事，倒以為是大人教給的。

「他家外孫哪知道這些個！不該呀，做大人的！」平姥姥不要這麼說嗎？

不管姥姥她們怎麼論道，才不干我的事。平家百順子跟我要好，我得跟他站在一頭，要替他平家不服這個氣。要不、便對不住百順子一回又一回送的喜果子，又教了我打嘎嘎兒（註）。怎麼不是從小訂親就不體面麼？好歹人家總是辦喜事不是！見面道喜，背地裏又把人家論斷得一文不值，多沒意思呀！

姥姥還吓唬人呢，「小根兒你給我留神，要再胡唚那些個，姥姥把你臭嘴給撕到耳朵根。」

真是瞎發狠罷，姥姥要是說話算話，也不等今天，怕是嘴巴早該讓她撕過一整圈兒，腦袋貼嘴齊的拽掉當作舀水的瓢。真正怕的還是怕姥姥說：「枴杖呢？找給我。」

（註）嘎，兩端尖削的物體之統稱。打嘎嘎兒，是流行于北中國的一種兒童遊戲。將三寸長短棗木兩端削尖，置于地上，以木板或木棍擊其一端，嘎嘎兒跳起，然後對空揮打，遠者為勝。

姥姥這兒還不光是伏個平個的，說着彆口，聽着扎耳朵；就是打嘎嘎兒，玩法兒也不跟咱們那兒一樣，多土啊，聽他百順子講罷，甚麼五棍六棍的，又是甚麼攻打的多少人，就打多少棍。要是一百個人，嘎嘎兒不是一直打到南天門了嗎？

「還有把守的往回丟啦！」百順子叫粗了頳兒頸。「你打一趟就懂了，跟你講也講不清。」

「沒多大味道。」其實我懂了，也挺興頭，可是說不出道理的老想裝做不情願的樣子。本來就不如咱們那兒玩法兒。咱們那一帶又多花梢，又帶唱的：

打金吒，打木吒，金吒木吒小哪吒。

打金嘎，打銀嘎，金嘎銀嘎到咱家……

「你都打的是啞巴嘎嘎兒，不過癮。」實在說，我是怕初初學着打，一準打不來。

「頭一棍讓你打，成罷？」

瞧他那副斜眼兒，一隻乞討的望着我，另一隻吊上去跟老天爺祈福，要多冤種有多冤種。隨後又打他漿硬漿硬的新罩褂裏頭摸出一把炒花生，塞給我。炒花生用洋紅染過，便叫做喜果子。還不是老味道！喫起來倒又香一些是的。這也說不出道理來。

「唵，成嗎？」他釘着討商量。

我摳着鼻孔，挖出一大塊半乾不乾的黑片子。「好罷，」把薄像坊紙的鼻矢抹到毛窩後跟上，勉強得很的接過百順子手裏尺半長的木棍子，仔細的看來看去，想還能找出一些不如咱們那兒的甚麼毛病。

我們村上打嘎嘎兒，用的是桑木板，打起來老是震得虎椏痛。他們這兒用的倒是扒棍子。圓渾渾的，粗細正可手。這得在心裏服氣，若叫百順子看出來，就要立時有價錢了。那副斜眼兒只怕不把人放進眼裏的另是一股邪氣了。

「好不好，讓他打頭一棍？人家是客人。」

百順子轉身過去跟他那幫小子商量。大夥兒都喫了他散的喜果子，縱算我不是外村子來的，也不好不點頭。

他家的吹鼓手，忽然醒過來似的，由着嗩吶領頭吹打起來。大夥兒分了心的樣子，冷冷清清張望着，打不起勁兒。

百順子走過去跟伏村那邊的頭兒出拳，那個像是燒糊了的黑小子，我認得出他是扛高燈來的，百順子他們說：「今兒非打敗你村兒不可；要不、抹腦袋給你。」

「奶奶的，誰要你腦袋當夜壺！」燒糊了的黑小子緊緊掿腰帶說：「先說下，輸甚麼？」

「誰輸誰看瓜。」

「輸了餵卯，沒說的。」

……

那麼多張嘴，一張嘴一個主意，爭着你口我舌的嚷嚷，嗓門兒比嗩吶還高。

冷眼瞧着他們直起頸子爭。多新鮮哪，走遍天下都是輸的餵卯給贏家喫，敢情沒說的。要說看瓜，把褲帶解開，按下腦袋塞進褲襠裏，別叫人噁心了罷。我鼓不住的吆喝百順子，打嘎嘎兒就是打嘎嘎兒，又不是推牌九，擲色子。

「我不知道，」百順子說：「他村就瞧不起咱村；他村都是紅花淤，咱村都是白沙地；他村的閨女都嫁十里八里外，都不嫁咱村……。」

「你大哥不是討了他們村上的？」

「就說嘛，要贏他磕三個響頭，就得趁今天才對勁兒。」

「看誰給誰磕吧，一言為定。」他們那邊說。

出拳由百順子跟黑小子捉對來，一拳一拳的出着叫着：

「大（打）倒笑（小）矮人！」

往天都是「一——二——三！」錤子、剪子、布的出拳。他們這兒靠城近，興了新村新學，新學屋教的他們，要打倒東洋鬼子。拳出完了，咱們這邊攻打。我真不想這樣子，頭一場還是把守的好；要是頭一棍就讓我打砸了，多丟臉哪！

「頭一棍讓你得了。」我裝作大方的說，扒棍子撂給百順子。

小咬兒撅着屁股畫城，畫的倒挺方整。推讓了一陣子，還是百順子頭一棍，我接他的；儘管二棍準在田裏起尖，打不起也好賴田裏土太鬆。

嘎嘎兒也是棗木削成的，比咱們村上的短一些，連兩頭的尖尖算，約莫只合三寸長——恐怕還要短一點點。嘎嘎兒直南直北的放在城中央，不用說，要往南打了，心裏毛算着，十棍打到底兒，一準打得到他們伏村上，不定打過了頭。

「看清了，伏大五，」百順子指指城裏的嘎嘎兒，朝着黑小子說：「老雀頭衝着你村頭，操你整村的閨女一個不賸！」

黑小子伏大五，馬上回了村話，比百順子撒的村還要髒。百順子樂的兩眼瞇作一線線細縫，照手心吐口唾沫，握住扒棍子搓搓澀。

兩邊都喫緊的不言語，全神盯緊這頭一棍。

百順子擺鋪得很，捲一陣襖袖，又索性一拉襖襟，把右胳膊打襖袖裏褪出來，空襖袖塞進背後的搐腰帶裏。這才他蝦下腰，瞄準又瞄準的試着棍頭。大夥兒大氣都不透一下的緊盯着。

就好像是抽準大夥兒一聲不響的這個空兒，嗩吶小小氣氣吹起《四郎探母》。我是一齣大戲都不懂，學屋裏同學都會喊兩句「洋菸灰，坐宮院……」。叭狗兒討媳婦時，兩班吹鼓手賽着吹大戲。百順子家可只窮酸的請了一班吹鼓手。

百順子的扒棍好像抖了一下那麼快的敲下去，嘎嘎兒蹦起來，拉個弓弧往後蹦，原來他是打到後尖上，不少的驚叫脫口喊出，喊聲未落，清脆的一棍照空裏擊開了，嘎嘎兒呼呼的拉着風，蝙蝠一樣的溜溜轉兒飛上半天去，再劃起一道虹，遠遠遠落到約莫六七十弓遠的麥地裏。

咱們攻打的這一邊，一齊聲的叫着喝采。

那真是一道長長的虹，也有虹那麼的鮮琤，咱們心上可都像彩繡了一道長虹的樂和，肚子裏唱起出虹的小調子：「東虹（語音讀匠）風，西虹雨，北虹動刀兵，南虹賣兒女。」

兵亂似乎不曾斷過，荒年也常有，倒總不是姥姥口裏的長毛賊和換孩子殺着喫的那麼怵人，只是大人叫着歉收吧，又是旱啦澇啦的，咱們小孩子也沒餓着；南北軍打仗也是久遠的事了。只聽過說要打老馮，到處過隊伍，追着看馬隊，看駱駝隊。總是沒見過北天南天出過虹的緣故罷？要是出在北天南天，虹也還會彩繡一樣的迷人麼？八成吓得人臉青青的了。

大夥兒打城框子中央起脚往南走，對直線數着步子量，看這一棍定江山，到底打有多少遠。

我把二棍又做了人情的讓給叭狗兒。

「你夥兒都叫個鳥！」叭狗兒用他剛接過的扒棍子，指着伏村的幾個小子笑他們：「咱們能手還多的是，百順子專打後尖兒；臘月打左拐子；登科後襠底下一抽半里路；都吓得你夥兒龜羔子直打哆嗦！」

其實我也叫了，以為百順子打走了手，打到後尖兒，虧他叭狗兒沒聽到我喊呼。要不，也放不過我，一道捱他的譏誚。

叭狗兒是乾姥姥的表姪孫，比我只大一歲就帶媳婦了。鬧房那晚上，老舅給請去做全福人，賣他一肚子的三國演義，「一杯酒，灑滿地，劉關張來三結義，情同手足三兄弟……新人喝我這杯酒，萬事如意大吉又大利……四杯酒，杯不空，慣使大刀老黃忠……」後來纏着老舅教我唱，真笨哪，一杯酒還不曾唱完全，叭狗兒只在他做新郎倌的那晚上聽一遍，就唱得出四杯酒，還有別人搭唱的葷歌他也會很多，四表哥唱過西遊記：「四杯酒，杯不空，新郎好比孫悟空，今夜大鬧水晶宮……」這些他也會。人都說叭狗兒挺鬼精靈，小不小的，當年就得了個白胖小子。四表哥見了叭狗兒就誚罵他，說他媳婦是打娘個帶來的肚子。一那樣，叭狗兒耳垂下邊害毒癤子留下的那塊亮疤，就紅像公鷄冠子。

冬天雖然乾晴的日子多，總少見今兒這樣藍透的天，一絲絲雲影也沒有。老陽兒照得他那塊亮疤兒直反光。我說：「你得停下來等等，看他們扔不扔回來這麼遠。」我是覺得手很癢，老想伸手過去，用指甲捏掉他那塊亮疤上一窩窩麥粒大小的肉芽。

大夥兒一步步數過去，數到底，齊噪噪的往回喊，聽不清是兩百多少步。照學屋裏才教過的斤求兩，兩求斤，一弓合三步，我估着有六七十弓遠，眼力真還不賴。

二牯牛擎着嘎嘎兒高高的，還在那裏得意的喊呼，被黑小子搶過去，看罷，他往回扔，看他拼死命也扔不過四十弓遠。

等着，我可另外躭心，輪到我第三棍，真怕出手不熟，給打砸了。

遠遠的望着，大夥兒都讓開來，嘎嘎兒在黑小子手裏，試了又試，誰知他臨時變卦，交給那個胖墩墩的光腦袋手裏。光腦袋不單沒戴帽子，連褂子也脫了，圓滾的大赤膊。只見他打一個旋身，嘎嘎兒飛出手來。嘎嘎兒出手便往天上直鑽，活該他倒楣，該把黑小子氣個半死。果然嘎嘎兒還沒扔出麥田，只怕不到二十弓遠，這一下他們真慘了。

為甚麼黑小子不親自出馬呢？他是頭子，該扔頭一棍的，至不濟也不止二十弓遠。

「小子刁得很呢。」叭狗兒一頭走着一頭說：「要就是扔得兩百多步遠，扔過城去；要不，只扔回麥場上蹦硬地，白給了咱們大便宜。」

「那他乾脆扔在麥田裏就算了。」

叭狗兒瞟瞟我，一臉瞧不起的樣子。「那不是屈費他大材料！」誰是大材料？黑小子伏大五麼？敢情他是個了不起的扔家。「長木匠，短鐵匠。」木匠取材料，得取比尺寸長的。我懂得了，既不要扔遠，索性就讓小胖瓜兒充充數。他黑小子留一手，等到要緊關頭再出馬，真是個刁傢伙。

跟叭狗兒趕上前去，那邊大夥兒也跑回來，嘎嘎兒歪在麥地的鬆土上。這才我喫驚了，怎麼打法呢？扒棍子下去，只有把嘎嘎兒砸進鬆土裏，還想它蹦得起來？這倒叫人發愁，那輪到我第三棍，一準也是在麥田裏；往南望過去，不是麥田，便是耕耙地。嘎嘎兒若是扔進耕耙地，那麼樣高高低低翻掘的大土塊，可不更要人命麼？早知這樣，不如打頭一棍，麥場硬像麵案子，多合手！

這種打法兒，壓根就是刁難人，不像咱們那邊，打來打去，唱着唸着的，一團和氣。起先想着，扔回頭總趕不上打過去的遠；哪邊攻打，哪邊就包贏；扒棍子打出六七十弓遠。而把守的一邊，全靠胳膊上的勁，最多能把嘎嘎兒扔回頭三四十弓，這樣就只有越攻越遠，把守的也就越退越輸，命定贏不了。哪裏想到，頭一棍是在硬硬的麥場上打，扒棍子輕輕一敲，嘎嘎兒就能跳起一人高。可是從二棍子起，嘎嘎兒就停在麥田的鬆地上，哪兒跳得起來。

小胖瓜也跟我差不多傻，不大懂得他們頭目用的是刁計，為他扔得不夠遠，一直很難為情的愣笑着，猛抓赤膊上的肥肉，抓出一條條白綹子。不知道甚麼道理，一入冬，身上就是這樣。小胖瓜笑瞇了一雙細眼，天氣是很暖和，總還熱不到穿不住小襖的地步。上身光着，下面墜着老棉褲，越發像個跑江湖耍把戲的。也許膘子厚，不怕冷。給他抱棉襖的小兄弟也是個胖瓜，老是釘着他：「哥，不替你抱了。哥，不替你抱了。」小胖瓜就是聽不見，抱着一雙胳膊猛抓兩邊肋巴；似乎那就是他的理，騰不出手來接他小兄弟懷裏的棉襖。

夏天瞞着大人下河去浮水，大人要查查下河了沒有，不用問，只在腿上抓你兩下，一抓就是一條痕，賴不掉的；不過不是冬天這樣的白綹子。

大夥兒擠擠挨挨的圍住叭狗兒，看他生出甚麼點子能把嘎嘎兒打跳起來。咱們攻打的這邊，也都替他窮出主意。臘月唆使他硬挖着往上打，小艾叫他學着百順子打後尖，因為後頭略微往上翹起，說不定輕一點兒敲，跳得起來。

「不行，都是母點子！」百順子用那種頭目口氣喝嚷了一聲。

甚麼又是公點子呢？憑他做頭目的也照樣想不出來。

「挑上來也是一樣。」

「不興挑！」把守的那一邊，好似約合好了的，齊聲吵嚷起來。

「興的！興挑的！……」咱們這邊搗掉小燕子窩一般，不如他們吵嚷的齊嶄。

百順子跟黑小子兩個頭目辦交涉。百順子蹲下來比劃，要在嘎嘎兒底下輕輕挖一個小窩兒，棍頭試着探進去，然後一挑，就是這麼打法。

「橫豎，挖窩兒也好，棍頭伸到底下也好，碰動了嘎嘎兒算輸。哪有不興的道理！」最後，百順子說。

「你打過嘎嘎兒沒？『一敲二打末棍子掐』，沒聽說『一挑二打末棍子掐』。你平村都他奶奶的不講理！」

我拉住小艾，問他甚麼叫「末棍子掐」。小艾直着頸頸跟伏村的傢伙吵，也用的是滿口「他奶奶的」，頸子筋鼓得像爬了一條條的曲鱔。再釘住二扣子問，原來是打到最末了這一棍，嘎嘎兒要拿在握着扒棍子的手裏，扔到漫空中，跟上一棍子打出去。那就不是就着地上敲了。

立時我起了鬼心眼兒，待會兒要跟百順子賴一賴，我要打末棍；那樣的話，嘎嘎兒不要說落到麥田裏，耕耙地裏，饒是扔到那邊大汪裏，下去淌水我也揀起來照打不誤了。

興挑還是不興挑，兩邊爭吵了老半天，還是他們把守的勝了，這就不得不另外想點子。

「有了，」叭狗兒故意不露聲色的說：「臘月，馬急找塊瓦瓷瓷來，這麼大塊兒的。」大拇指和二拇指圈成頂大的地瓜乾那麼大小的圓圈圈。

大夥兒就地蹲的蹲，坐的坐，等他臘月去找瓦片子。又是姥姥這一帶的彆扭口音，偏把瓦片子叫做瓦瓷瓷，沒有道理的。

趴在地上往北望，姥姥院心裏那棵說是有了上百年的老榆樹，村兒裏沒有哪棵大樹趕得上牠高。

百順子家的吹鼓手敢情吹打累了，正在歇着，但是遠看過去，宅子上下裏外，仍是一個也不少的擠塞着人。百順子今兒可夠玩瘋了的，大人張羅不過來，才不管他的事呢。可不是，他妹子蓮花也跟着咱們瞎轉這老半天了，戴一頂兔耳朵新風帽，也不嫌熱的！

村子東邊，麥田裏一頭、兩頭、三頭……七頭放青的驢，低下腦袋啃麥苗。一眼認得出，百順子家那頭青叫驢。上天，姥姥借牠來拉磨，忙年磨點黏高粱麵。下磨找我牽去還給人家。「好生打個轆，再送還人家。」姥姥籮麵弄得眉毛飛上厚厚的粉，趕着囑咐又囑咐。「休忘了謝謝平姥姥，沒的惹人說沒禮數。」

「得令，白眉老祖！」真是樂忘形了，順口冒了出來。聽見姥姥矯作的罵：「小短命的！」

是，小短命的風帽上，齊額四個銀字，「長命富貴」，姥姥跑到城裏她本家開的銀樓，現打來給我做周歲生兒的；還有帽尾巴上帶鍊兒的五隻小銀鈴，釘在後腦上跑東到西的響，一會兒聽不見小鈴聲，就慌忙的找，害怕掉進井裏去。

青叫驢顙子底下也戴着響鈴，倒不是害怕青叫驢掉進井裏去。有人說，拉磨時要有個響兒。忍忍躁。有人倒又說，防着饞嘴的驢，鈴一不響，準是拉磨拉着停下來偷嘴了。

嘩嘩的響鈴，青叫驢樂着下磨了，我是樂着有驢子騎。管它！才不叫牠打輾呢，打一脊兩肋巴的土，還騎個鳥！又是姥姥這邊的老土話，「打滾」不就得了，偏叫做「打輾」，彆扭得沒有多大意思。一心想着，等騎一陣過足了癮，再讓牠打打滾兒；就抓兩把浮土撒撒驢脊樑，也便打得過馬虎眼兒。

姥姥要是知道，一定要頂真一些的罵聲「小短命的」。可惜人長大了，戴不得「長命富貴」的風帽，下面又沒兄弟妹子拾舊的，只有年年「六月六，晒龍衣」，才翻箱子出來見見風。小銀鈴癟的癟了，掉的掉了，早就不齊全了。

人真不要存壞心；「天有眼，地有眼，瞞不住歹心眼。」跨上青叫驢，沒等坐穩當，一撒奔子，人就搖搖晃晃倒栽葱的顛下來，只覺得天在下、地在上的打一個大旋轉，左胳膊的肉老鼠給重重踩了一蹄子。過後想想，那一蹄子沒搗到腦袋瓜子，真算是大命。

青叫驢拖着韁繩跑回牠家去，後事如何，不知百順子家跟姥姥怎麼了結的；揉着胳膊跟叭狗兒他哥去打兔子，長半天跑在河野上，天撒黑才回來，姥姥只顧罵小短命的只管野，不管家裏有多擔心受怕，沒提一根驢毛的事。

「去攔條驢子騎去！」趴在地上，我跟一旁的小艾說。

「兩人，攔得到？」

本本實實說，才不想攔甚麼放青的驢子騎。帶着轠子都騎不住，憑那麼光溜溜的，單靠抓住驢鬃騎得住？我還沒那本事。

「攔放青驢子還要倆？」我吹起來。

除非我是條老狼；再怎麼壞脾氣的叫驢，遇到老狼就算牠沒轍子，肝腸肚肺能給老狼喫空了，還是四隻蹄子硬撐在那兒動也不敢動一下。我沒見過，是老舅說的。老舅不是那種說話一句是一句，向來不誑空的人；他的話得打對折。

臘月打村子裏跑出來。真是不花錢的瓦片，捧來大大小小一把，跑着掉着，筒在老棉褲裏的兩條腿，撥動那麼快，不知怎會那樣的惹人笑。

那是叭狗兒的鬼點子，二拇指探到嘎嘎兒朝前頭的尖子底下，生怕碰破甚麼嬌貴的琉璃玩藝兒，輕輕、輕輕的挖出一個小窪窪，揀出一塊合當的瓦片兒墊到尖子下面。大夥兒透一口氣，總算一點兒也沒有碰動嘎嘎兒。

絕透了，這個鬼點子。叭狗兒急忙脫下棉襖頭，興頭得那塊大疤又紅像公鷄冠子了。到底是帶了媳婦的啊，棉襖頭扔給百順子他妹子，可還是留件襯掛在身上。沒帶過媳婦的，多半都是穿空殼兒，棉襖一脫，上身就精着了。

叭狗兒瞄準了又瞄準，扒棍子敲下去，清清脆脆的一聲響，嘎嘎兒跳起來，跳有大半人高，跟手就是一棍子打出去，「嘞！」大夥兒起鬨的直着嗓子叫。嘎嘎兒漫空裏擰着滾着，畫一道比百順子頭一棍還高還高的虹，迎着刺眼的老陽兒，硬是看不大清爽落到那兒去了。

「土廟子！土廟子！」他們那邊喊着。

那不是少說也有上百弓麼？「贏定了！」我大聲的叫喊。叫喊完了，這才發現百順子、叭狗兒、臘月、小艾……全都沒我這麼興頭，悶聲不響的往前跑。

等我回過愣來，慌忙跟上去，連那些跟着抱棉襖、拿氈帽、還有提羊毛窩兒的兄弟妹子夥兒，也都已跑到前頭去了。

嘎嘎兒打出麥田，又飛過一大遍的耕耙地。跑在陷脚的翻土裏，土直往羊毛窩兒裏頭灌。

還沒等趕到跟前，只見他們把守的那一邊，已經打地上拾起嘎嘎兒，試也不試就往回扔，土地廟擋住，沒有嘎嘎兒飛過來。

身上跑得汗津津的，腿也軟了。這第三棍該派我打，活該他們扔不過來，給土地廟擋回去了。

急着跑上前去相相究竟。繞到土地廟前面，大夥兒喫緊的神色，望着百順子腦袋伸進神龕裏，不知他拱在那裏頭做甚麼。

「嘎嘎兒呢？嘎——」

一問出口，我就忽的猜出嘎嘎兒一準被他們丟進土地廟的神龕裏去了。

這下子可操蛋！

神龕的小門兒只夠一個人拱進小半身子。「看到沒有？」攀着百順子肩膀問他。

「別擋亮兒！」他拐拐肩膀，不滿我這麼攀住他。

也許嘎嘎兒落進那裏面，很叫他發急，才這麼不讓人沾他。

這個土地廟前面，給雹子打壞過一個人。姥姥說，有一年下雹子，一顆雹子足足裝滿一海碗。是個過路的外鄉人，來不及趕進村子，又找不到遮蔽，只好一腦袋拱進這個土地廟的神龕洞洞裏，敢情就是百順子這樣光景，顧頭不顧腚的鑽進小半個身子，聽任一顆顆兩三斤沉的大雹子打漫天雲眼兒打下來，硬是把兩腿打癱了。

只見過鷄蛋大的雹子，死白死白的，一口吞不進；想不出一顆雹子能有碓榔頭那麼大。姥姥有時興頭來了，也能吹得雲山霧罩的，讓妗子們避過臉去偷偷的笑。通常雹子只不過和樟腦丸差不多，「六月六，晒龍衣」的日子，「長命富貴」的風帽裏，老是抖出樟腦丸來。看到雹子也就彷佛聞見那熱得惱人的紅味道，類似冰片的紅，也類似冰片的㸑和辣。姥姥用冰片給小表弟塗口瘡，彆扭的把冰片叫做婆羅香。婆羅婆羅的，幹嗎不叫破鼓香！土地廟偏叫土廟子，土地爺偏叫土老爺，都叫得又小氣，又土氣。

「換牯牛子打三棍好不好？」百順子跟我咬耳朵。「落到土老爺旁邊磚縫子裏了，反正牯牛子十棍八棍打得沒出息，三棍子就算捨給伏村子了。」

「誰是牯牛子？」奇怪，我怎麼不認得！是二牯牛的甚麼人？「橫豎這一棍子打不成，撥出來就得。」然後百順子拉過一個靦靦覥覥的小子，我還一直以為這小子是他們伏村的呢，始終不順眼的跟在人後。百順子說他是他們家的親戚，住在後葉莊，站在西村頭就看得見，喊百順子表叔，穿一身漿硬漿硬的藍飾布新罩褂。

「那我打第幾棍？」我得裝作心裏挺不舒服的樣子。

「當然下一棍。」

「不幹。」

「你要打哪一棍？」百順子又搿一把喜菓子給我。

「我要啊——去看小猪。」不如苦惱苦惱他。

那邊收過花生的地上，一塊塊重陽糕擺得那麼整齊的篩土堆子，不知誰家的田，懶得夠瞧的，交臘月了還不曾耙平，楊家表叔在那邊放他新添的一窩小猪。

「末一棍不是挺要緊？」

瞧他斜眼兒低下皺出小窩窩，一臉央求的可憐相，又不忍心苦惱他了。可也得給自己算計算計呀，末一棍是吊空打，不管嘎嘎兒到哪裏，哪怕落到官道南的大塘裏，漂在水上也揀得起來。

「那你就打末棍。」果然百順子中了我的計。

數數還隔六棍才輪到我，真不如就去看看楊個表叔放猪去。

拔起高步子走在陷脚的耕耙地裏，一頭唱着：「放猪——追着哭。放牛——睡扁了頭。放羊——跑斷肚腸。放馬——跑死娘兒倆……」

唱着，不覺駐下脚來；怎麼啥都有得唱，單是放驢就沒講兒了？

望着那遍麥田裏放青的驢羣，跟自己說，這得勞我編排編排了。

可是楊個表叔——不能不隨姥姥這邊的俗喊哪，靠在篩土堆上，氈帽扣着臉，只露出毛扎扎鬍子下巴，似乎盹着了呢。可見放猪才不一定是追着哭。

一條條不到兩扎長的小猪，全都安安分分的鼻子栽在土裏拱。土裏不知有甚麼可喫的，或許是收漏的癟花生。拱得那麼賣勁兒，要不要老猪教牠怎麼拱呢？

「楊個表叔！」我試着喊，想問他老母猪一窩頂多能下多少隻。

楊個表叔確乎是睡着了。他那一下巴毛扎扎的鬍子，我知道不是存心要蓄的，他是給楊個姥姥守孝。但是不知道為甚麼死了老子娘就不能剃頭刮鬍子，一定要裝成毛賊才算守孝不是？

這都不管它了。放驢……該怎麼唱罷？一定要編出來。吟吟的試着叨咕，找不到合宜的韻。那就數數看，倒有多少條小猪來着。姥姥說——娘好像也說過，任它哪一窩猪，總是愈下愈大；頭一個生下地的小猪，叫做「坐圈子」，不單單個子小，還老是長不大。老舅上集去買小猪，姥姥就囑咐又囑咐，千萬別買了個坐圈子呀，要就打整窩子裏挑大的；打單兒的小猪別貪便宜買呀！小脚趕到場上，說千說萬還是囑咐着這個。上了年紀的人，便是這樣子嚕嗦得惹人不耐煩。

敢情就因着找不到合宜的韻，才獨獨的「放驢」沒有講兒。要唱：放驢——麥苗綠！多廢話，多新鮮哪！這和「八九七十二」害的是一個病。找不到編得出詞兒的韻就缺在那兒了。

不能這麼迂啊，非編個詞兒不可嗎？心裏可又推不開，老是「二」、「驢」……吟着找韻脚，一陣子煩得如同牙齒上火一樣又疼又癢的不舒服。那邊大夥忽的起鬨，喊的喊，拍手的拍手，嘩笑的嘩笑。遠遠看過去，一時瞧不出甚麼頭緒；只見都又回頭跑起來。約莫是牯牛子把在土地廟裏的嘎嘎兒撥出來，他們把守的拾起來往回丟，着着實實拾到一個大便宜，還又丟得料不到的那麼遠。

那末八成是他們都喜孜孜的起鬨，又喊又笑又拍手打巴掌。

百順子一定很冒火。得虧方才把第四棍推掉，賺來了一個末棍。

楊個表叔側側身子，不知是不是給那些喊叫吵醒了。他哪裏是放猪？簡直個的睡扁了頭。

「楊個表叔。」我再輕輕的試着喊。

扣在臉上的氈帽有個好像是給老鼠咬的洞，頂心偏一些，剛擠了膿的熱癤子，張着要喫點甚麼的小口兒。老陽打那個破洞漏進去，不知道落在鬍子臉上的哪一方。拾起橫在一邊的趕猪鞭子——其實只是一根帶梢子的觀音柳，紫紅紫紅的桿兒上生着蛋黃星星，好像油漆了的；沒有甚麼木棍能像觀音柳那樣，丟到水裏不漂起來。

若是用觀音柳做嘎嘎兒，丟到塘裏直沉底兒，那才坑人呢。試着想把楊個表叔那頂氈帽偷偷挑開一點，看看漏進去的太陽光到底落在他的顴骨上，還是顋梆上。

遠看過去，人又往南跑，跑過土地廟，登科的第四棍打的不錯呀，不知道是不是又用瓦片墊在尖底下打的。叭狗兒吹過，說登科能從後襠底下打出半里路，八成是誑空兒吓唬人。

有兩隻小猪瘋了似的追着，發狠的吼叫，耳朵像兩隻翅膀，上下的搧合。那吼聲叫人想到蘆管做的小響唄，吹將起來劈劈喳喳的一副啞嗓子。過端午時，用包粽子的蘆葉裹的響唄，吹起來也是這樣的啞嗄嗄，聽着，不由人要咳嗽兩聲，清清嗓子。如同看着小猪滿臉的皺紋，不由得就和着把眉心擰得很緊很緊的。只有過清明節，擰來柳條管兒做的響唄，吹起來才最圓潤，比得上好樣的小旦那副亮嗓子。嗩吶心子聽說就是柳條管做的，吹鼓手學着小旦的亮嗓子吹大戲，用的就是嗩吶心子，搗在拳心裏，指頭張張合合的吹起「蘇三離了洪洞縣」。百順子家敢情日子過的不如叭狗兒家；叭狗兒討媳婦，硬是請了兩班細樂。兩班和一班，全不是一碼子事；兩班頂在一起賽着吹，又要多，又要好，吹臢一口氣也不能弱給對手。比方打嘎嘎兒：要不賽着打，壓根兒打不起勁兒，也打不出那麼多的鬼點子。

百順子他們跑遠了，約莫快到南官道。剛要拔腿追去，楊個表叔叔忽的坐起來，氈帽掉在地上滾了一圈。楊個表叔做了噩夢的樣子，直直的紅紅的一雙鬆瞼子眼睛。

「小猪都跑光嘍，楊個表叔！」

看他愣的賣獃，就想吓唬他看看。

楊個表叔這才回過愣來，嘴巴很黏很黏的叭搭着，手伸進敞領口裏搔癢癢。

「楊個表叔，你是放牛，還是放猪啊？」

「嗯，」楊個表叔眨巴眨巴的看看四周圍，看看他那窩小猪，用他黑毿毿的下巴一下一下的點着數。

「楊個表叔，是不是說——小猪生下來，頭一回喫哪個奶子，就老喫那個奶子，喫到斷奶都不換奶子？」

「啊？」太陽刺得他眉頭絞成一把。「噉。老母猪喫死食。有說的。」眉毛擰得像猪頭那麼皺。

「我不是說老母猪，我說小猪。」

「噢，一樣。」

「那——老母猪又不喫奶！」

「嗳，老母猪是不喫奶……」一陣子他脊樑上癢起來——不過也許不是癢，是老陽兒晒得他背上刺鬧了。他像撒奔子跑的樣子，兩隻胳膊大跩着，讓棉襖後襟隨着左右拉動，搓他脊樑上的癢處。

這個人怎麼會這樣聽不懂人家說的話！

「那人家都講，放猪——追着哭，你怎不追着哭？反倒睡扁了頭了？」

這一回，楊個表叔索性理都不理人了；但也是情有可原的，他實在癢急了，慌起手脚，抓過觀音柳的鞭桿兒，豎起來，通進後領口裏搔癢，搔得咬牙切齒的恨不得把脊樑骨上鮮肉挖兩塊下來。

聽見叭狗兒喊我，遠遠的用很大的力氣，能把大腸頭掙出來的那麼個喊法兒，只是聽起來不過和小人國的喊聲一樣。原以為那兩隻小猪發瘋的追着跑，怕就要跑到天邊去了；倒只管穿梭在篩土堆裏打轉轉，實指望楊個表叔醒來非要追着哭不可的。

或許放整窩的小猪又是一回事，小猪戀着老猪不肯跑遠。

手搭涼棚，頂着刺眼的老陽往南看，大夥兒已在南官道上，圍成一團的叫喊。

跑着，張起兩隻胳膊，學着飛行機吼吼。楊個表叔一準還在恨得咬牙的搔癢，不管他了，真是奇怪，拿放青的驢子說，籠口、轡頭、連韁繩全都卸了：跑走呀！跑到哪兒都有得草喫，再也用不着拉磨馱糧食了，也不捱鞭子了；我若是驢子，一定撒奔子往山裏跑。可是真下賤哪，麥苗子啃飽了，老陽偏偏西，老老實實各回各家去，淨在麥場上打轉，等着套上轡頭韁繩，拉進盡是尿騷爛泥的蘆棚子裏去，下雨下雪，無論寒夏，都得踏在騷臭的泥窩裏過夜。

也不光是驢子罷，牛馬騾羊，連雞鴨大白鵝，我看所有的畜牲，下賤的根性沒有兩樣；天多大，地多大，跑到哪兒都比回到家裏自在，不用做苦活兒，不用終要捱一刀。賣驢肉給人夾饝喫。我要是有一身皮毛，不用睡炕，又以喫草為生，那就放心大膽去野，不怕玩晚了回家捱揍了。

飛行機直奔南官道飛去，嗚——嗚——嗚的吼吼。說是南官道要鋪成公路，不知道老舅是不是又誆人；打東洋小矮鬼為甚麼要鋪公路呢？有公路，敢情還有母路。前幾時跟老舅糶糧食的空車來走親戚，穿過南官道，上面鋪了小鐵路，從未見過的。只說是橫裏放着無長不長而兩頭看不到梢的鐵梯子呢。衝着挨肩坐在車轅上的老舅直喳呼，覺乎着鐵梯子豎起來，爬得上南天門。

老舅裝出發愁的樣子看看我。每逢這樣，我就知道，他又要糟蹋人。

「少土罷你！」

輪子滾過鐵梯，狠狠的蹦了兩蹦，尾巴骨兒給顛的又痛又痠，不知道該哭還是該笑。

老舅也給顛倒了，看得出他顎骨一抽一抽的，遮莫是咬緊牙根忍住那種叫人冒出眼淚的痠。

爾後，天天便跑來看舀蚌車運石子子兒，嘩嘩嘩嘩的一輛連一輛過去，響震半個天，一輛抵上十輛牛車那麼大的動靜，地在脚底下慄慄顫着。

舀蚌車一批過去了，下一批要停好一會兒才得過來，耐心的等着，就在附近臘月家的野場上砍錢兒、打鞋兒、滾紅石轆軸。

掏出才跟百順子換來的老錢——用姥姥家廢了的線槍筒子換的。老錢是用兩枚四川銅角子夾兩枚光緒蟠龍銅角子焊起來。純黃銅的四川銅角子，比甚麼銅角子都要大上一道邊。多出的這一道邊用處可大了，能挖又能鑿，端人家老窩全靠這個。百順子還又偷偷告訴我，用的不是桃膠和狗皮膠，陰天一反潮就要開焊。他用的是槐豆砸成黏膠焊的，能用一百年。擺在硬地上，脚跟踩上去轉着擰，能亮像金子一般樣。

百順子以為他占了便宜，老說他這塊老錢有多好，怕我反悔再跟他換回來。只怪他想槍筒想瘋了，迷着要造一枝槍。

有過一陣子，我也迷過要造槍；好像甚麼也不為，不是要打桑園裏多得像螞蟻的麻雀，倒專為聽那一聲爆響。約莫人都要一陣子迷這個，一陣子迷那個，等迷過一陣子甚麼，就永遠再沒有那個胃口了，很容易飽的。有一曚子迷上老舅，老舅身上甚麼都是好的，學着他歪嘴巴笑，惹得人家說：「三輩兒不離舅家門啊。」造了也不知多少回槍，都不曾打響。有一回槍藥放過了量，槍筒打炸了，人畜平安，真是想不透；不死心的拆掉再造。夢裏時常見到遍地的廢槍筒，撿起一綑子，又自覺着這不是做夢嗎，一綑子槍筒落不住了，就狠狠的揹住一根，明明是揹住了，多實在呀，說怎麼也不鬆手，總能留得到夢外頭來的。醒過來甚麼也不落，只落得雙手攥空拳，還攥得緊緊的不肯放呢。

一跑過土地廟，才又切切的關心起嘎嘎兒不知打的怎麼樣了；筒起手來喊過去：「嘿！打多少棍啦！」我猜平村準還是要贏；嘎嘎兒業已打到南官道，離他們伏村不到半里地了。

登科往回喊，打到六棍了。

也興數錯了，真叫人不相信。我停下來，望望遠去的平村，又望望前面不遠的伏村；聽不大清百順子家的嗩吶。還有三棍子，裏面有我一棍呢，恐怕真要操蛋，打不到伏村了。

　　怎麼不打呢？人都擠在一堆兒停擺着，跑到跟前才發現，嘎嘎兒讓他們伏村給撻進小鐵軌的枕鐵下面，露出一點點兒的尖子。撻得那麼結實，用扒棍子使勁也撥不出來的。才真的操蛋呢。

　　百順子逼着牯牛問他：「你說，你能十拿九穩不能？要沒把穩，你就讓開，讓給小和尚。」

　　「不成！」叭狗兒一旁叫着。「下一棍要靠小和尚，不能叫小和尚白捨了。」

　　「對啊，你要能打有小和尚一半遠，就讓你打九棍了。」

　　我看大家把牯牛逼得不留活路給他。牯牛被逼得直眨巴眼睛，一下又一下的搐鼻子；逼得出蛋來嗎？

　　伏村他們那一夥兒，全都起鬨的叫呼起來，「嘔——！嘔——鬧家包子嘍……」得意的拍手打巴掌，又蹦又縱的。

　　「行。」牯牛終被逼出蛋來了。

　　「不行，太懸了，誰也沒把穩一下子就能撥出來。」我攔住牯牛說。

　　「不行也得兒行啊！」

「難道晾在這兒了嗎？」

一個個都油的要死，你嘴我舌的誚撩牯牛。似乎他們全都打過了，便立過了大功。我打出主意來，好不好大夥兒一齊攢住勁兒，把鐵軌往上抬，哪怕只抬起一點點，能叫嘎嘎兒不被壓得那麼緊，讓牯牛用扒棍子通進去，輕輕的就撥出來了。

大夥兒窮嚷嚷，可是鐵軌哪裏抬得起的！看着不重，挺單薄的鐵軌和枕鐵，倒是扒進地底下的鐵鈀子一般，一個個手掌肉都給墊出又紅又深的印子，帶着端午節雄黃末子一樣的浮銹。

傻愣愣的沿着小鐵路望到那一頭；回頭來，又望到另一頭，好像這樣的望下去，能望出甚麼主意來。

小鐵路一頭頂到東河堤那裏，往南轉彎，沒進古家集背後去；另一頭遠到兩條軌併成一條軌，隱在流閃不停的地氣裏。想不出還能有甚麼點子，就像望不到小鐵路的盡頭一樣。要是牯牛一棍子撥不出，他這第八棍就算白捨了。那小和尚再來撥一棍，就算決無閃失，也還是合那個賬兒——白捨一棍，只賸下第十棍，死也打不到他們伏村；就是九棍十棍都打的沒折扣，約莫也只能掛上那個村子邊邊。賸下最後這兩三棍太喫緊了，大意不得的。

到這個地步，大夥兒這個那個的怨起來；上一棍老黑不該打到小鐵路上啦，叭狗兒那一棍寧可打近一點兒也不該打到土地廟跟前啦……都很沒有出息的咒怨着。

大夥兒算是膠在這兒，叫人想起南官道是條不吉祥的大路。平村似乎對這條大路都不大甘心；白沙地和紅花淤，刀切的一般斬齊，從南官道的路心一線分成倆。

看過大雨把路沖彎了，沿路兩側五里內都出了伕子來鋪路。遠路來的伕子叫着怎有這麼巧奇。我就為姥姥這半邊路撇着嘴覺得有臉；哪有比白沙地還聽話的土啊，勻淨淨的黃，鐵鍬鏟下去，和鏟在發糕上沒有兩個樣，遠來的伕子真像玩兒一樣，汗都怕沒出一滴。可是路心另半邊的淤土，一旦乾透了就是石頭，土色也不勻淨，疙疙瘩瘩活像陳的新的瘀血塊壓擠在一起，見雨就又黏得拔掉鞋子。

「小孩子家懂得啥？」姥姥聽了我那些褒貶，自顧笑了。「收成多，就是好田；收成退板，就是薄田。地是種莊稼，又不是給你鏟着玩兒的。」

老早就想編個唱兒。「南官道，不公道……」只這兩句頭，再也謅不出別的。真不懂，有那麼些唱兒，都是合轍押韻的有多順口，不知怎生編排出來的。現今鋪起小鐵道，越發劃清界線，小鐵道恰巧壓在白沙地和紅花淤的交縫上。

小鐵道是甭想抬得動了，大夥兒給焊在這兒。伏村他們催命鬼一樣的「趕緊呀！趕緊呀！」真惹人火兒。

「用扒棍子撬！」百順子發狠起來。

大夥兒你望望我，我望望他。

「扒棍子蹩斷了怎辦？」

臘月冷冷的聳一句。他讓百順子狠瞪了一眼。

我猜百順子又安壞心眼兒。鐵道緊壓進路土裏，大夥兒就近找找哪兒方便撬得進棍頭。扒棍子果若蹩斷了也好。

「看喏！看喏……」

叭狗兒一連聲的尖起嗓門兒直叫，指着他臉前的地上。我怕他腸子都要叫斷了。

「死孩子脚椏巴！」牯牛頭一個搶過去，立時跳得很高。他搗着嘴，厭惡的樣子，好像甚麼髒東西跑進嘴裏了。

大夥兒都跑攏去，大驚小怪的空嚷嚷。兩條鐵軌和枕鐵的方格中央，打土裏伸上來兩隻小光脚，約莫一兩歲孩子大的小脚椏兒，白裏泛青，朝天的脚掌心裏有紫黑的顆顆，四周是掘過不久的新土，還留下許多踩了又踩的羊毛窩子的印跡。那些新土是白沙地和紅花淤混雜了的。

「遮不住是你村上的。」叭狗兒手裏的扒棍子指着伏村他們說。

「甚麼？狗屁！你村上的。」

「你才狗屁！離誰村兒近，就是誰村幹的好事。」

「你村的大閨女偷人養漢生的私孩子。」

……

就這麼吵嚷起來，搗掉小燕子窩一樣，愈吵嗓子愈挑尖了。

反正不是咱們那個村的，忽覺得臉上比他們誰都光彩。

恐怕不是甚麼私孩子；記得老舅說過，有一回走夜路碰到鬼打牆，怎樣也走不出去了，前面、左面、右面、脊後面，摸摸都是板硬的牆，只有頭頂上——一天的星。老舅說：「碰上鬼打牆，穩坐心莫慌，搓搓太陽穴，不用等天亮。」可是搓上好一陣的鬢穴，還是走不通。「約莫是個路斃鬼，伸手要點盤纏錢罷？」老舅心裏說。

「也別黏纏了罷，明兒我來給你燒把紙，你就擱這兒等；一句話。你就是把我短住，到天亮，也沒好處打發你……。」

衝着黑裏，老舅說上半天的廢話也沒用，可說冒火了，摸摸地上可有甚麼石頭塊子沒有。「鬼怕惡人，你總是不聽話！」老舅想摸塊石頭狠狠砸一頓牆。誰知不摸還好，一摸，摸了把軟軟的，涼涼的，可不是小孩子的脚椏兒嗎？「好唄，弄了半天，是你小短命鬼作的崇！」老舅就一手抓住一隻小脚椏，狠勁兒往上提，拔蘿蔔一樣的，試了試，又晃晃鬆，然後一下子拔出土來，掂掂有六七斤沉，孩子實在很小，怕還沒滿月。老舅捽麥稭個子那樣的用勁撂出去，等着聽到南瓜落地的悶悶沉沉的一聲，臉前朦朧亮起來，身上禁不住一陣子麻，從脚掌心直麻到顱門頂兒。

老舅是誑空兒出了名的。連姥姥都說他，整天價瞎謅些老約，誑死人不償命，十句話裏信不得五句。老舅還說，總是因着一個接一個的奶孩兒養不大，才倒着埋到大路上，讓過路的車輛行人壓壓踩踩，爛了脚就走不回家來重再託生討債了，再生孩子才養得活；他這話倒有八九成準，姥姥也說，是有這麼俗興。姥姥還說她有個老親戚，連生五個小子都沒落住，都是生的七朝瘋，撐不到八天就糟蹋了——這可又是姥姥這邊的土話，小孩子死了不說死，都說「糟蹋了」——趕到第六胎臨盆，做老子的坐在外間發悶，想着這個又不知落不落得住，心裏挺不是滋味，忽聽到牆旯旮有兩個小聲音說話：

「你去！」

「你去！」

「你趕緊去，快生出來了……」

「還是你去！」

看看牆角裏，除掉靠兩把鋤頭、木銛，啥也沒有，立時就明白過來了，又是先前的討債鬼來託生了，還在那兒你讓我我讓你呢，不覺頭皮一緊，懷裏抱着的銅手爐一下子扔過去，鋤頭木銛給打倒下來，動靜真的不小。倒是來不及了，房裏孩子剛巧落地哭那頭一聲。

做老子的冷了半截兒！

「心也真狠得下來呀！」姥姥說：「衝進房去，也不管冒了血光，小的臍帶兒剛剪斷，沒等紮，打收生婆手裏血血淋淋搶過來，沒離地方就摔了，跟勢又狠踩幾脚……」

「那不是踩死了？」我趕着問。

「哪還用得着下脚踩！就只狠摔那一下，也夠把孩子糟蹋了。」好狠心哪！虧我上面四個哥哥都活了。

「後來呢？」

「還甚麼後來！脚心朝天埋到大路上唄。」姥姥沒事似的重又捻她的線。半晌，我只管想着，假使四個哥哥都糟蹋了，爹不知要不要不等第六個來，就把我給摔死。爹性情也是爆竹一樣的。

「說也奇巧，」姥姥停下手裏溜溜轉的捻線陀。「你猜怎麼着?第七胎真個兒就養活了。」

「姥姥，甚麼叫七朝瘋？」

「你說不信邪嘛，也得信它幾分。」姥姥只顧說她自個的。

「甚麼叫七朝瘋嘛！姥姥你聾啦！」

「『臍帶進風，七朝生瘋。』懂了罷！」大妗子噌我一聲。

「那——臍帶用甚麼剪？」

姥姥用她生了白翳的眼珠瞪了瞪我。「小小子家多問！」

「也別說呦，」納着鞋底的大妗子說：「二禿子還不是他爹收的生？」

「下田嘛，哪還去找收生婆！只好將就。難就難在又不是耪地，又不是收麥子，沒鋤頭鐮刀好使喚；掐金針菜。你可想了，啥傢伙也沒，只有指頭蓋子派上用場。你說啥是乾淨啥是髒？二禿子還不是壯得像個土匪！」

「那也不稀罕；咱那個村兒有個翁老嬤嬤，給人收生連剪子也不用，大拇指甲刮刮，刮薄了，略微一掐，就掐斷了。」

「可真省事兒！」姥姥打鼻孔裏嗤一聲。

「可不說的是嘛。」

想起夏天給蚊子咬了，不敢給姥姥知道。如若不然，伸手拽過去，先在蚊子咬過的紅疙瘩上，用她又黑又裂的大拇指甲掐個十字印；這還不算甚麼，挺煞癢的。隨手就照着十字上面呸口唾沫；一入夏，姥姥身上就斷不了白礬，掏出來按在唾沫上磨。唾沫就夠臭的了，加上白礬那麼一塗，隔宿的飯都能嘔出來。

瞧着露在土上的一對小脚椏，大夥兒賽着誰打得準，站在隔着三道枕鐵那樣遠，用土疙瘩或者舀蚌車上掉落的石頭子兒去擩那一對白裏發青的小脚椏兒。

不知道這個死孩子的臍帶是用剪子剪的，還是手指甲掐的。看過小艾家的母狗生小狗，那可是母狗用牙齒咬斷的來着，連黑綠綠的胎衣都吞下去。我是差點被那頭母狗咬了一口。

大夥兒一頭搔着那對小脚椏，一頭爭吵；平村的一口咬定這個死孩子姓伏，伏村的硬說是一準姓平。

不知道是誰的石頭子兒拐到誰，兩個擂起來。拳頭搥在老棉襖上，悶沉沉的聲音就像河堤上打樁打在鬆土裏。要是同村的給拐上石頭子兒，痛是一樣的痛，大半不會這麼搥開來，偏又不是同村的，就罷不了手，百順子比誰都喳呼的有勁兒，叭狗兒跟着助陣，後來便都捲進去。「一對一算好漢，倆打一是孬種！」這麼喊叫着，不一刻就捉對揍起來。牯牛嘴夾給撕出了血，百順子一扒棍子打到黑小子腦勺上，打得我一旁緊閉上眼。有的好像來不及的已經倒在地上扭着打滾。

「三哥哥，你閃開呀，別跟他們野！」

給她哥哥抱棉襖的蓮花好沒規矩，把手扳到我肩膀上。

誰是你三哥哥四哥哥呀，別不害臊的！大妗子大半是逗趣的要把蓮花說給我。把她搡開，正好我就抓住伏村一個落單的，照着鬢穴揍去一拳頭，不是蓮花那一聲三哥哥，我是要袖手看熱鬧的。

那個落單的胖瓜，誰知那麼的經不起揍；以為轉下腰去拾他滾到地上的那頂燈芯絨三塊瓦帽子，等着再補他兩拳，他倒是死狗一樣歪到地上一動也不動。甚麼胖瓜，簡直是麵瓜。

仗是打得很黏，不容易罷手。那我找不到誰來交手了，只見臘月也掛了彩，生凍瘡的耳朵被人撕得血淌到頸子底下。料不到的有誰打後面把我攔腰抱住，使足勁兒要提起我脚不沾地，想橫着把我摺倒。

哪裏這麼便宜！用脚反勾到後面下絆子，一使巧勁兒，兩個人齊往後仰，重疊的跌到一起，一轉身便把他騎住，屁股一下下頓他的小肚子，諒他腰骨槓在鐵軌上，不是好滋味。

誰知正這麼得手得意的把大板牙當驢子騎，有人要命的喊起來：

「不得了啦！打死人嘍……」

哪裏打死甚麼人？看看地上僵倒兩個，胖瓜和黑小子。黑小子一定是百順子沒頭沒腦那一扒棍子打倒了的。可是，胖瓜呢？誰把他打死了的！我只不過揍了他一拳，也不算重，一定是哪個把他打得太狠了。

咱們就一鬨散開，沒命的往回跑。

「不要緊，打閉了氣的！」百順子跑在後面叫。

這已叫不住咱們了。

也許是裝死賴人的。心裏忽然掠過這麼個想頭。但是這也留不住不聽話的兩條腿了。怎麼辦呢？要真的是把那倆小子打死了，看怎麼收場罷，不知道要不要償命。跑着，擂着鼻子。冷天，人一跑熱了，鼻涕就無來由的多起來。也不知道要拿誰去償命。都是蓮花那個害人精！

所有的玩興，一下子就這麼冷得上了凍，起頭那股子勁兒也不知道散落哪兒去了。大半總是這樣子的，開頭好玩興，總是這樣子灰心的草草收場。也來不及找路了，耕耙地猛往脚底下抽迎過來，能看到自己顴骨上的肉跑得聳聳的哆嗦。「看閒書，喫大肉，玩了一天回家不捱揍。」咱們小孩子巴望的頂自在的日子。這一回去豈止捱揍喲！

蓮花是個害人精，不是她三哥哥甚麼的，管他們伏個平個的幹架呢，我才不插這一脚。

或許佔一點走親戚的便宜。脚步漸漸慢下來。可是也不能太過分了；燒花生把人家草垛子燒掉半個，姥姥白着臉，「枴杖呢？給我找來！」妗子們講情，講不下來。就算手底下再輕，總是肉跟棍子碰。要想躲過這一頓八成躲不過的枴杖，除非這就跑回家去。十六里地，咬咬牙也就跑到了。

喘着粗氣，停下脚來，喘得換不上氣，胸脯好似比平時小了一半，不夠用的，又像被甚麼給緊緊箍住了。

望着回家的路，路旁兩行老椿樹，老是打上面拉長了細絲，懸空吊着金黃黃的毛蟲。不要光笑放走的驢子不肯遠走高飛罷，人也是一個樣子的；明知回去要捱揍的，還是非回去不可。

遠遠的回頭朝着南官道望了望，百順子正大步大步折回頭去，已經又走過了土地廟。這場嘎嘎兒該算草草完事了，還有甚麼可交道的嗎？不過他大模大樣的走回去，又覺得他着實比大夥兒都行，很有大人的味道，不似我們這樣驚驚惶惶脚不點地的猛跑。

看看牯牛的血嘴，臘月的血耳朵，叭狗兒的襯褂襟子撕了長長的口子，小咬兒腿瘸了，小和尚叉着雙腿防着棉褲掉下來，一面給扯斷的褲腰帶打結子，老黑和二扣子算是沒受甚麼傷，蜷起一條腿，磕羊毛窩裏的土。不外就是這樣了，可是別的都還照常，似乎沒有生過甚麼事；比方說，楊個表叔還是懶牛那樣的歪在那邊花生地裏，篩土堆上露出一隻蜷起的腿，想必很自在。百順子家的青叫驢，和他家辦喜事沒干係，不知有多冤屈的嘶叫着，聞了誰個的白草驢，翹起長長軟軟的上嘴皮，一口的大板牙，硬要人家白草驢馱牠。這些都是日日見着的稀鬆平常的事。百順子家的吹鼓手，在歇過老一陣子之後，又做了噩夢似的吹吹打打起來。所有都是這麼照舊，只有咱們這一夥惶惶的不知怎麼好。

不知等着甚麼，大夥兒你望望我，我望望你。真是一場好跑啊，汗涼了，冰冰的貼到後脊樑上，一個個躲着那樣不舒服的冰涼，挺着腰桿兒，活像一隻隻閒閒的鵝。

也許得等着百順子回來，大夥兒再討點個商量。

要末還有甚麼呢？要末別真的鬧出人命案子罷！

一九六九年春

貳

似乎已經不止一次，從這樣低矮的車門裏向外拱，歷史重演，頭又重重的撞一個正着，撞在車門的門楣上。立時，好像滿頭的頭髮蓬的火燒起來。必須像一個癱子，在陷人的座墊裏挪着屁股，屈膝，然後折腰，低下頭來……我還沒有熟練坐轎車的這些近乎美德的必須的習慣。

想想看，多結實的金屬門框，重重的撞上了，很響的一聲，咚！以卵擊石。我把○○七提箱舉起來，略略檢查一下四個角。我得裝模作樣沒有發生過甚麼，或者沒有感覺到。消閒的看看飯店門上的裝飾。如果不幸連司機也聽到了重重的那一聲，我這種若無其事的神態，似可有助于使他誤會只有○○七這麼硬的質料，才會撞擊出那麼大的動靜。

古錢圖案的方磚人行道，給雨水洗成臙脂紅。但是紅不過霓虹燈流進水光裏的那一灘灘血。

雨已住了。賣獎券的一個老頭仍還無知的打着傘。

我不用回頭看，製片人有相當于八個月身孕的大肚子，要比我辛苦得多的在那裏和車門掙扎。但製片人不會碰到腦袋的。

腦門還在餘音繚繞的灼痛着。不亞于被鈍刀砍了一刀。僅止于沒有被砍出血而已。

飯店的自動玻璃門，那麼禮讓的在為一個銀髮的洋婆子分向兩邊緩緩的閃開。大花迷地裙婀娜在彩燈底下，給塗上葡萄紫，又像塗錯了顏色，立刻改成膩膩的橘紅。玻璃門在洋婆子身後謹慎的，深怕夾到那一把橘紅的，緩緩閉攏上。

還看得到大花迷地裙，變色的蜥蜴，在進門的大廳裏繼續的婀娜。

不知為甚麼我是老有那樣的衝動，試試看，如果我不要那麼紳士的走過去，魯莽一些，用短跑的速度，或不必那麼快，總之，奔過去，不是走過去，我不知道那兩扇總是溫淑的緩緩咧開，緩緩閉攏的自動門，來不來得及及時的閃開。如其不然，人將會撞成甚麼樣子的血肉橫飛！

或者如卡通一樣的怪異，當你衝過去之後，來不及閃開的玻璃門上，空出奔跑姿勢的一個人形，就像從一張紙上剪走了那個形狀所賸下的空子。

我當然知道，永遠我也不會那麼發瘋。只不過有些情不自禁，每逢看到這種帶點兒妖氣的自動玻璃門，總就莫名其妙的生出那個妄念。

是否銀行也該裝這樣的門？雖然擋不住搶走連號新鈔票的歹徒跑掉，但無論如何，比起大敞着門，眼睜睜看着跑掉，總算略有些留難。

說不定由于那一點點的減速，就給了行警裕如的拔槍機會。

無聊，想這些！

現在哪還有搶銀行那種笨勾當！除非你那些鬼扯的劇本裏派得上用場……。

「張琦成，一個人在這兒賣甚麼獃！」我的肩上被人狠搥了一下。

劉彥秋，這個冒失鬼！「你一個人遊魂？」

好久好久沒見了，「哈，秋仔，你不怕警察抓去剪頭髮？」菸斗呢？聽說襠太淺的褲子影響性機能……

許多個關心，和許多要打趣的，來不及傾倒，但製片人和導演，製片人的女秘書，車門砰一聲，砰一聲，人都跟了下來。

「你們請，」我招呼着，握住劉彥秋的手，「我隨後來。」戴這麼大的戒指，也不嫌硌手，秋仔你真土啊！

「你知道地方罷，張先生？」

穿在長手套裏的手，翹着蘭花指。莫名其妙的手勢。

「四樓，是罷？知道。」對于女人的尖指甲，我有類似怯懼鐵絲網的感覺。

「真土啊，劉彥秋，你簡直不識貨！」那對福壽分明是贗品，你糟透了，饞瞪着不放。

「還沒斷奶？你這個混蛋，操他！」

他說過，看女人他把中段做起點。初試不及格，根本用不着面試，再漂亮也食慾不振。

「那不是博士導演？」劉彥秋一臉的惡意。

「操他，你是甚麼眼？——港貨，導七子十三生的——」
「怎麼很像那個博士？我倒真看走了眼？」
「訂婚戒指？」我問。他會那麼安分的收心了麼？
「幹嗎啦，你們？」劉彥秋望着飯店的自動門那邊。
照例的，玻璃門緩緩的讓開，那三個人，葡萄紫，橘紅、苔綠，游過一道道色河。三隻變色的爬蟲。
我拍拍〇〇七，「研究一個劇本。」
「那你現在是跟在大製片家、大導演的屁股後面馬弁起來啦？」
「笑話。有這麼紅的編劇沒有？」翹起大拇指，我指指自己。人行道上這種螢光燈沒有甚麼好，照得人面無人色。
一陣小風，搖起新栽不久的街樹。不多的枝葉上，有星星散散的水珠洒到臉上來。
「你怎麼可以這樣瞧不起人！紅得很啦秋仔，張琦成不比當年了。」跟別人，我是不來這一套幽默的。對誰我都毫無愧色，用不着這麼挖苦自己。唯獨劉彥秋，當年一起搞實驗電影，搞現代劇，搞得發瘋。把拳擊手套都當死掉，實實在在再也沒有甚麼可折騰的了。大家各奔西東，教書的教書，當攝影師的當攝影師，上電視的上電視……到今天，總算都有點兒名堂了，惟獨秋仔這個窮小子，死心眼兒一個，其窮如故。甚麼都搞不起來了，就猛寫報屁股，七角八稜的罵人，好像非叫所有喫戲飯的都得對他慚愧不可。死硬的傢伙！

「如何？進去坐坐，來點兒冷飲甚麼的。」我掏出一包三五。「洋菸，見過沒有？得顧礙點兒身分了，是罷？好歹是頭牌編劇家，不能不自愛點兒……」給他打燴了打火機送過去。「對不對？人必自侮，然後人侮。進去坐坐，我請客——」

「我去給你們湊趣兒？」他說。雙手攏住打火機的火焰。

「操他！說你土嘛，搗着幹嗎？電子的，見識過沒有？頭一回是罷？颱風都吹不熄的。咱們就在樓下坐坐，BAR，啤酒，小談片刻。」

「要請客，改天，別這麼小兒科。」

「請客還不簡單，到哪兒隨你，當然改天。站這兒幹嗎？阻街？操他。」

「聽阿丁說，你還是猶太如故——有兩個比沒兩個還摳得緊……」

「操他！這個阿丁，嘴該生疔。」

「算了，別誤了你的生意。」小子，真的客氣起來了。

「你喫甚麼緊！所以說你就差勁；該端的時候就端着點兒。走走走，遇上我這麼闊的老朋友，花錢如流水一般，你替誰省？」

扯住劉彥秋，一脚一枚古錢的踏過去。

「你怎麼也不來我新居觀光觀光？挺那麼回事兒嘞，來開開眼界嘛。」

「瞧你這麼風光，也會老老實實蹲在家裏？」

「先打個電話嘛，」地道的大亨的口氣，像不像？地道得很呢。「電話知道罷？五四七五八五。」

「五四七……五……」

「操他！你還筆記？我教你記在腦子裏：五四文藝節，七個人跳舞，然後，又有八個人跳舞——」

「他媽的，你真是長袖善舞！」

「夠闊罷？電話也裝起來了。劉彥秋，你一輩子只有跑上街去打救火車的野鷄電話……」

自動門恭恭敬敬的分向兩旁走開。

唯一的得人心之處，自動門，一視同仁。有些大飯店的司閽，穿着馬戲團小禮服的所謂僕歐，硬是衣冠取人，像劉彥秋這副落魄相，你自己開門罷。

「你瞧我這套上衣，夠帥的罷？」自盼一下寬寬整整的肩，木彫一樣的挺。葡萄紫從肩上滑過，橘紅跟着漫上來。兩個爬蟲。

「萬華的貨。」

「紐約也有個萬華，是罷？」

肩上有街樹洒落的水珠，閃着苔綠苔綠的晶瑩。而劉彥秋的肩上，圓環夜市的貨色，水珠喫進去，一朵朵黛綠的斑。「瞧瞧，不怕不識貨，服了罷？」肩抗肩，讓你劉彥秋憑良心比比看。

「你那些臭文章還是少寫。」我說。再讓他抽枝三五。

「我還要靠它喫陽春麵呢——只嫌寫少了，還少寫！」

仿古太師椅，團鶴暗紫的織錦緞椅墊，坐下去，就感覺到肉墩墩的泡沫海棉。劉彥秋那雙死招髒的翻毛皮鞋，叉開三尺寬，蹬在充絲絨的紫紅尼龍地毯上。

「要甚麼？」我問。

燈罩是捉蝦子的竹籠，裏頭跳着蠟燭焰子。劉彥秋湊近去取火。土啊，土啊，但願香菸點不着，先燒一把頭髮看看。

「統統的，統統的，雜交！」眼鏡上有從外面帶進來的雨滴，可能被蠟燭烤霧了，他取下來擦拭。

怎麼沒有人發明在眼鏡上安上雨刷，像汽車那樣？

「統統的雜交文明，雜交的時代……」他這樣一面唸唸有詞，戴上眼鏡，一面四處巡望。「集中外古今文明雜交之大成，蔚為壯觀。」

我還要再說一遍：「你那些狗屁文章，還是少寫。陽春麵毫無營養可言，你要知道。」

「哈，張琦成，你戒掉陽春麵才幾個大天！」

「問題不在戒不戒；你何必一定要惹人討厭呢？——問你要甚麼，劉彥秋？」提醒他注意，一身橘黃的女侍已經不耐煩，臉色在變化中。

「為了營養，你是不是說——」

這個木頭！只好踢踢他那隻正在拍節器那樣打着拍子的翻毛皮鞋。「問你要甚麼——別叫人家小姐老等……」

「要甚麼？我們要甚麼？」

這個要命的劉彥秋，真好像不知道要他幹嗎，茫然的望着馬蜂腰的女侍。確實很信守，他注着女侍的胸脯。連家畜都懂得，看人要看臉，才算數兒，但是他不。叫人想起一幅漫畫。眼睛還盯在他所謂的起點上。真擔心他會像漫畫上那個點菜的孩子。漫畫畫着女侍拿着菜單侍候一個小不點兒的點菜。孩子直指女侍特大號的乳房：「我要喫這個！」劉彥秋活活就是那副神態。想不到他還能點出「冰咖啡」。

「這次饒了你這個以色列。下回可別想有這麼便宜的了。」

「沒關係。人不死，債不爛。」

不知是以色列大戰阿聯，出盡風頭，還是改改口，味道比較新鮮，聽來就不似猶太那麼刺耳而帶有侮辱性。

「哎，說是鹽女那部片子，你花了多少心血，抵不過女主角的大腿，有這回事罷？」

「你是沒看是罷？」我說。「操他！老子寫的戲你不捧場？沒道理。」

「你得了。聽阿丁說，你寫那部戲，讓老板一改再改，有被雞姦之感。倒找我掏錢，我也不忍心去看你受的罪……」

阿丁這個混蛋，跟我扯扯蛋也罷了，到處去宣揚，不是玩意。我怎麼說呢？那個劇本從寫大綱開始，光是大綱期間，就開了七次會，每次都是下午一兩點開始，開到下半夜。誰要說國片粗製濫造，我得撕他嘴巴。不過話說回來，開七次會，是否就能證明劇本完美呢？整相反。出錢的大老板，愛怎麼玩你，就怎麼玩你，大綱不過說個故事梗概而已，但是大老板能像改作文一樣，逐字逐句的收拾你，臭得你不捏着鼻子往下嚥也不行。

「大綱吶，大綱就搞了七次會，劇本還用說！我也記不清多少次了。」

「那真是等于被雞姦一樣。」他倒笑得好開心。

「操他！你說那個劇本裏，還會有百分之幾的張琦成？說你不信，試片我都沒看。」

「那算你聰明；不然的話，看自己演的小電影，敢情不是滋味。來，抽我的新樂園——也讓你知道一下民間疾苦。」

這算甚麼？跟他秋仔吐這個苦水幹嗎？「你不抽菸斗了？」這樣的苦水，豈不徒然給他的臭文章又提供了一大堆新鮮資料！

「其實甚麼……早晚的，我也是找你那些報屁股看看的；讓自己慚愧一番，回味回味當初那點傻勁兒。過了，再去騙我的錢去。」

「倒還天良未泯。」

「唏！」甚麼鬼話，還蒙你劉彥秋瞧得起！

「劇本已經不是你的了，你還管他攝影師的鏡頭老在女主角的大腿上轉！」那麼淺的襠，事實上也不雅觀。

「可是片頭上，張、琦、成，這麼三個大字，你賴得掉？」腦門上還有些隱痛。也算車禍。

「好歹得獎了不是？捱那麼一回，雙份兒的遮羞費，可以啦；名利雙收——」

「你別土了罷，操他！」把他翻過來掉過去不知該怎麼打的打火機奪過來，打熠了教給他。

「所以後來這部臭片子，人家問我怎麼樣，只好說，彩色還不錯……」我說。

劉彥秋臭傢伙，不知想着甚麼，兩眼直望着我，根本沒聽我的。管他！整天牢騷，那些報屁股還不是沒有人看他的。

「現在，根本我就懷疑，電影這玩意算不算藝術，還大有問題。首先，製片人的觀念裏頭——」

「小子，你可也找到理由了。你就巴不得有人站出來宣佈，電影不是藝術。張琦成，沒有那好的事兒，至少，我不上你的當。就憑一杯冰咖啡——」

「扯哪兒去了？」

「還不錯，」想起來他又說：「早晚還知道要慚愧一番。」

「我操他！擺點兒低姿勢，安慰安慰你小子的，你倒當真了？」我扭過頭去，笑向那邊牆上莫名其妙的一堆假浮彫。「小子，居然當真了！」指頭點着身旁的劉彥秋，我昂過頭去，跟那堆浮彫說。「有這種傢伙，你說，給兩分顏色，拿去開染坊了，操他的……」

他是一再把我指着他的手往下按，幫助他的爭辯。「你別強顏歡笑，你心裏甚麼滋味，我再清楚不過……」

「當真了，笑話不笑話？有這種經不住賞臉的小人……」我不理他，仍然跟那堆假浮彫笑得抽筋的說。

我是只管說我的。我看現在都是不分青紅皀白的在趕時髦；鬼的浮彫！木頭片子窮鋸出來的，一窩蜂的猛學體育館的那幾個浮彫。「你別以為我真的被幾個臭錢打倒了，跟你客氣客氣而已。有幾個能像我張琦成這麼朝氣，這麼勃勃！你知道罷，操他，本人夜間部讀起來了，挺是那麼回事的，知道罷？這是個拼知識的時代，優勝劣敗，物競天擇。誰像你這樣頹廢、孤絕、暮氣沉沉！頭髮不男不女，鬍子也不刮刮，簡直是違反優美的傳統文化……」

「我早就知道。而且上個學期有兩門課不及格，還要重修，是罷？」

他索性把一條腿掛到太師椅的扶手上，一面不知有多逍遙的盪着。一副哀莫大于心死的臭勁兒。

「又是阿丁這小子嘴上生疔！」但我想起另一件趣事，「哎，要不要聽件妙事？別提兩門不及格，早已帕司了，找找教授嘛，懂罷？」跟他嘛嘛下巴，盡在不言中，「你懂罷？這麼這麼的，啊？這一套，咱們，操他，也不是生手了，你懂得罷？……」

兩人都笑得挺開心。不過，劉彥秋，一枝接一枝猛抽新樂園，笑得分明有點應付。

「就這妙事？」

「這算甚麼妙？你聽我說——」這真有點可樂的，「你知道罷，進去頭一天，不是還來個交誼會，自我介紹不是？都是生臉，誰也認不識誰。其實誰也沒那麼好的記性，幾個女生又沒一個打眼兒的。有那麼回事就是了，知道罷？無聊。一個接一個，起來，上臺去，我叫劉彥秋，臺下禮禮貌貌的賞你三擊掌，回到位子上，坐下。窮折騰，小學生的玩意，操他！」

「你還不是上去耍油嘴了？」

「哪兒不好耍？去跟那小毛頭去耍？不管怎麼說，君子不重則不威，好歹咱們是有社會地位的人，你知道罷？操他，我看全班最數我大了——這是誇張，懂罷，當然還有還大的。你聽我說——」

「敢情很轟動罷，張琦成，大名鼎鼎的紅編劇——」

「媽的，你這麼聰明，會短壽的。」

「我就猜準了嘛。」劉彥秋扭過頭去，表示他六百年前就猜準了的熊樣子。

你得了罷，自作聰明，毫無幽默感。「去你的，邊也沒沾上。你猜怎麼着？——我也是自以為必然轟動，來個滿堂彩，是罷？跟第一流的金像獎編劇家同起學來，修幾世才修得的？你猜——」

「結果人家根本不知道你是老幾。」

「操他，這個打擊不輕，居然一樣的不多不少，拍、拍、拍，鼓掌三聲，冷冷清清的打講臺上下來。真的，太傷害自尊心了，一個大打擊。打那以後，老老實實做個老學生……」

「報應。」這才他笑得不那麼應付了。

「你對這個有甚麼覺悟？」他說。媽的，你跟我忽然來甚麼正經！

「惻隱之心，人皆有之。我是仰天長歎，憐憫這輩大學生，貧乏，蒼白的一代……」我說。

「幸而如此！」

「不幸而如此！」我說。「身為高級智識分子，張琦成，如雷貫耳，不知道張琦成？怎麼可以孤陋寡聞而至如此！」

「這樣看來，咱們的藝術還有希望，大學裏倒有一片淨土。國家幸甚！民族幸甚！……」

去你劉彥秋的罷，食古不化！「照你一說，那今天出了不少民族罪人？操他，輪到寫報屁股的來做國家棟樑嗎？還太早了罷？」

我操他，這一號的棟樑之材似乎還不少呢，頂多不過叫人慚愧一下，于人無補，于事無濟，好像唯一的貢獻，叫自己窮得喫陽春麵，幸個鬼！

可是誰又曾把藝術良心泯滅到他秋仔閉門造車所幻想的那個地步呢？

「藝術勇氣我可還是有的。」給你留點自慰罷，我這個人還肯于為老朋友而委屈自己一些的，其實何止是勇氣！

把枱子上的冰咖啡、冰毛巾等等，往一旁挪挪，○○七平放下來。「你知道罷？清高比不過你，可是比你實際多了，」一面說着，打開○○七，找我的劇本——今天這是最後一次所謂研究了。「為藝術力爭，可比你實際得多。你那一套比起來，只等于手淫。你等我找出來給你看，血跡斑斑哪。操他，你戰鬪甚麼啦……」

「武俠片？」

「一類的；不過——」

「武俠片還有劇本？」

「甚麼？」我翻着劇本，找我那幾處得意的地方。「你甚麼時候學來的，這麼糟蹋人？——雖然武俠一類的，不過，文藝武俠，你也不能小看了。你瞧這一段，從這到這，沒有多少，知道罷，你看一遍。看過了我給你講。」

「真沒想到啊。有一天也看起這種熊玩意來了……」

「操他，小電影你都照看不誤，蹺的甚麼！」

自然，我還不至于賤到去和那樣的稀泥。可是承蒙那位港貨導演抬愛，情面難却，而且酬勞高過所謂的文藝片。

「那不是問題！」關于我連武俠小說都不曾看過的這一點，港貨導演好似聽到一個荒唐的笑話，連連的說，那不是問題，「別管甚麼招數、路數、拳法、兵器，用不着你勞那些神，一開打起來，甚麼鬬法啦、武功啦，都由我來，你劇本上只須寫明白誰個贏、誰個輸、誰個受傷、誰個嗚呼哀哉（說到這裏，這位港貨導演似乎自以為很幽默，抖動了幾下肚子），連大打小打，都無須你去費心，易如反掌折枝……」

這是叫人難以置信的；錢難賺，屎難喫，有這麼方便麼？那不是只等于用道白湊出個故事，交給他就行了麼？我是很沒有心眼的說出我的認為。

「對——對對，完全是你說的這樣。憑你第一流的腦筋，發揮你的奇想，越離奇、越有勁道……」

而我心想，那樣的話，一個劇本寫下來，能把體重增加三公斤。

但是實際上，湊故事哪是那麼易如反掌折枝！所謂奇想，沒把人瘦掉三公斤，已算我這個人生有異稟。而唯一令人不太感到被辱弄的是，反而比甚麼王八蛋的文藝片劇本省却多少麻煩；故事大綱簡直沒有改動，本連最後一回也只不過三次。而其中一次，還是為了能否把我的那些奇想拍得出來，才找來攝影師、佈景師逼着他們幾個想辦法；否則的話，連這樣的一次會商也可能省掉。

從老板和導演那樣逼着他們搞攝影的、搞佈景的，逼得下不出蛋來的那種光景，這才我有些幡然；人既為財可死，鳥既為食可亡，還有甚麼不可以豁着出去的呢？也算一種頓悟罷？敢情我也想像得出，老板到了主管電影檢查的那裏，還不是一樣的被雞姦，一樣的搖搖尾巴佯作愉快狀，沒有甚麼差異的。

在我也想，怕真辦不到，像賊船上鬥法的一場戲，雙方分據船頭船尾，對施掌心雷，勝負難分的膠着着。力敵到了最後，把那麼一條皇舸船從中央一斷為二，雙方跟着便履海而戰……。

「咱們心腸還是太軟，看不得幾個傢伙捱老板操成那副龜孫相。」

「同病相憐嘛，甚麼心腸軟！」

猜準他秋仔會來這麼一句。「操他，你還不知道我有多神經過敏；會是開到下半夜才回家。老板的車子繞一段路，送我到我們家街口下車。你猜怎麼樣？攝影師他幾個也跟着下車了。憑甚麼跟我一個行動？又不是住我附近——當然了，也許怕讓老板為他幾個再繞路，索性下車，叫部塔庫西算了。可是我倒不由人的疑神疑鬼起來。為了我這個臭劇本，害他幾個又受罪、又受辱，一路之上誰都不講話，空氣好像不大對。下了車，眾寡懸殊，又是夜靜無人，要是真的把我宰在大街上，然後就近丟到瑠公圳裏去，三比一，我還真的不成對手——」

「掌心雷哪去了？」

我沒理他，就像裝作沒看見他用來譏誚人的軟當當蜷在太師椅子裏的那副妖怠相；

最佳的抗拒是你能表現若無其事。我看看周圍的人，連女侍們，似乎都有這種本領。國際性的邋遢鬼，所謂西痞，大飯店也不得不買賬，聽由一雙雙的泥靴子蹂躪在那麼華麗的地毯上。

「真的，小半條街，轉進不怎麼深的巷子，從來也沒覺得要走上那麼久，老覺着有人在跟踪。轉彎時，往這邊拐，猜怎麼着？操他，跟真的一樣，先探半個臉窺窺——甚麼玩意！神經病，迫害狂……」

「不過，這也看是怎麼說，」想想，我說：「時勢不同了，身價也不比當年了，不能不為自身安危多當心一些，懂罷？……」你不要老把那嘴角挑在一邊咧着，我不看你。你要譏誚就譏誚你自己。

「看過啦這一段？給劃掉了不是？總共這麼一本厚厚的，鬼話連篇，天地良心，就這一段用了點心血。但是，操他，不如猪血。到老板手上，這一大段要它作甚麼用？考慮都不考慮，抓過紅簽名筆，噌噌兩下子，就給劃掉了。你說多棒呀，像這一段，不是第一流的大手筆，寫得出？」

「那才對呀；不操到心血，你也不會叫痛。」

「小子，你別這麼幸災樂禍。沒有人性你簡直是！」

「你不是自討沒趣！這種臭玩意，你根本就把心血用錯了地方。」

這要怎麼說？是呀，臭玩意，用不着心血，「可是製片人和導演，怎樣也不肯同意我用假名子。既然堂堂張琦成這麼響亮的大名要上片頭，操他，不能不愛惜點兒羽毛是罷？想想，不管怎麼樣，不要叫影迷太失望，人家是衝着你張琦成編劇來看的；看過了片子，總要讓人說一聲；到底不同凡響，有一兩段戲，還是看得出張琦成的才氣跟功力的——說良心話，這一段戲有說的沒有？叫你劉彥秋來過，你行嗎？亮得出這一手嗎？不是吹的……」

「可以了罷？幾點鐘了？」

「忙甚麼！」

「別叫你老板硬在那兒等你。」知道他又沒有好話。我還是不理他楂兒。「所以說，不但藝術良心尚存——光是良心有甚麼用，像你這樣不能致良知，還不是白費！——並且還有了不起的藝術勇氣。等會兒，你瞧着，我還要跟製片人力爭被劃掉的這兩段的……」

原當作隨便吹吹而已，苦惱苦惱劉彥秋，可是經這麼一強調，對于那一兩處心血的疼惜感，忽而強烈起來。不能對他們的霸氣太低頭、太屈膝，為藝術奮戰，那是唬鬼，說老實話，張琦成在這上面所將遭受的名譽損失，那是賠不起的……乘着跟秋仔瞎吹瞎吹的一番餘勇，深深的覺着頗有作為似的，我連電梯都不要搭，那不夠氣勢，我要臉紅頸子粗的一口氣衝上四樓，以挑戰者姿態，出現在他們驚異的眼前。不行的話，不行就拉倒，操他！

差不多是客滿，有這麼多的人不在自己家裏喫飯，而且鬧嚷得問女侍的話，要把聲量拔高三倍才行。

穿梭在擠擠挨挨的座位夾縫裏尋找他們。一口氣爬了四層樓樓梯的喘息，一時平息不下來，好像真是氣急敗壞要去找人幹架。居然有怯懼的眼睛看過來，多笑話！

臺上有個老洋人在幹嗎，這才我注意到，一個老牛仔裝束的洋老頭，六十歲是有了。也許沒有。西方人總是顯得比年齡老上許多歲的。

老牛仔在表演甩繩扣。一個繩圈拋過去，一個繩圈拋過去。舞臺另一邊臺口上，挺立一個着比基尼裝的東方女人，面向台下。身上——那是說，從頸子到胸脯、腰、臀、大腿和脚腕，都被一圈圈的繩子綑住，勒進肉裏。女人職業的笑着。老牛仔的繩扣，還在繼續的一圈、一圈的拋過來，一圈都不落空的套上女人的身體。

給人一種暴虐着肉的那樣酸淫淫的感覺。

女人如果表弄得苦楚一些，我想，效果可能會更佳。

我在找他們，以製片人禿得反光的腦袋作為獵取目標。印地安人剝白人頭皮，是否也有暴虐着肉的那樣酸淫淫的滿足？

場子裏的燈光是暗暗的，所有的光亮都被那一方舞臺收集了過去。那顆禿腦袋，找起來似乎有困難。

女人面向着臺下，向前平舉起的一雙合攏的手臂上，已被另一邊臺口的老牛仔不斷拋過來的繩圈，綑了好幾道箍。女人合十的雙手，扎煞開每一對手指。老牛仔仍在從側面甩過繩扣來，開始順着拇指、食指……這樣次序，套她每一對手指……。

胖活活的女人——一定可以順利通過劉彥秋的初試——始終保持着時裝模特兒的笑容，一排木木的牙齒，使人為她感到嘴巴咧得很疼。

表演似已達到高潮，原來的鬧嚷被熱烈的掌聲遮下去……

而就在眾多閃動的手掌裏，我看到了他們——顯然，我以製片人禿頭作為獵取目標的主意是失敗的，那是顆黯淡的腦袋。扎眼的還是女秘書雪白的長手套。

「抱歉抱歉……」禮貌還是必要的；態度強硬不一定非要橫鼻子豎眼不可，我勸導着自己。

然而，何等的令我驚異——

我發現我——這要怎麼說？那裏，四個人各據餐桌一面，製片人，港貨導演，製片人的女秘書，和我，正在進餐。

那個坐在製片人對面的我，在向製片人敬酒，雙手舉杯，人是半立着，那是說，兩腿不曾直立起來，那樣恭肅的前傾着身體，媚媚的注目着製片人……

我看看自己，看看那個向製片人敬酒的我，連服飾也完全一樣——剛才還被劉彥秋取笑「像個歌男」的裝扮，絲毫不差。

兩個我，可能麼？混蛋，你在那裏冒充着誰！

我大聲的呵罵，衝動着要把〇〇七打過去。這一聲會比老牛仔的表演更驚動人的。

而一切如恆，好似誰也不曾注意到我這個人。那四個混蛋，包括那個可憎的我，若無其事，完全不被打擾的進行着一場小小的酒宴。

粉綠的女侍在上菜，我所熟悉的這家飯店的名菜——鮮嫩無比的中式牛排。彷彿一定要我嗅嗅那樣的美味，貼近我的鼻尖端過去，墊底的是翠綠得要命的豌豆苗……

而女侍是和我交會的錯過去；應該相撞的，但一團粉綠從我半個身體裏頭通過，女侍若無其事。一如X光透過一個實體……我是鬼魂嗎？

腦門上還在微微的隱痛呢。那末，我是不存在的了。是這樣的嗎？操他！

一九七〇年十月二十四日

貳的完結篇

「讓開讓開，」我可沒有好聲氣的嚷着，拍拍冒充了我在和製片人勾搭的這個混蛋。「別坐在這兒人模人樣的！」

真絕，我跟自己說：有人冒充你。

操他，你這人不得勢，又不得志，居然還有混蛋來冒充你，演起真假李逵的雙胞案。你怎麼說去！

那末，就算這混蛋是你的替身好了——不管你是希特勒、史大林一流的人物，或者是不會騎馬的男主角，找個騎師來替替中、遠景。

如果說，置身于夜總會這樣鬧嚷嚷的場合，會因這個膽大妄為的傢伙如此令人驚奇的酷似你，而你想到甚麼成精的狐狸或黃鼠狼，即使燈光夠黯淡的，每張餐檯上僅賴一根插在蛋白色玻璃燈罩裏的蠟燭照明，有些邪祟的妖氣，但你仍然會感到這種聯想是文不對題的。不過這個混蛋太像你，確是事實。要就是頭髮可能比你黑一些——但也並非三四流的理髮店用硝酸銀燒成胎毛一般柔細的那種烏雲蓋雪式的黑。其實這也沒有甚麼好稀奇。美國製的染髮劑比你用的日貨略勝一籌而已。沒有甚麼，你大可不必因此而產生甚麼自卑感。

去，我跟自己說，客氣幹嗎，對這種人！抓住他胳膊，來個螺絲起固定法，要他的好看。還沒忘罷——服役憲兵時學的那套擒拿法？試試看……

別忙，我跟自己講情的說，且看看這個混蛋，為的甚麼好處，要這樣的冒充你。也好。操他！

你先把袖子捲捲，作勢一下，給他一個警告。

不合適。我的意思是——不合身分。不比當年搞實驗電影那個時候，一個個窮得好無賴。如今你是走紅的名編劇家了，張琦成，自愛點，動不動出手來武的，有失身分。若被那幫跑影劇沒一個好東西的臭記者請你上報，打高空的來個「爭風喫醋，大打出手」等等——那是十分可能的，有製片人那位拿捏得要命的女秘書在座，你就逃不掉被人家想當然耳的捕風捉影。操他。況乎名編劇家之外，你還是×大夜間部的學生。羽毛是要愛惜些個的。君子動口不動手，是罷？你是有身分的人。

總之，稍安勿躁，且看看這個混蛋給製片人上香似的敬酒之後，緊接着怎麼進行下邊的。甚至，你也別叫他甚麼讓開不讓開的。冷眼相看，這叫做「觀變」，懂罷？操他！不到萬不得已，不要張口。

混蛋連乾三杯，一臉奴顏，口口聲聲的媚着：「董事長隨意，董事長隨意……」

操！會有這種無恥之徒。

還是由他罷，有種就整打的灌，除了讓人傳出去「張琦成是個酒鬼」，搞藝術的人又不是牧師，算不得甚麼，名聲上毋寧更突出些。酒是製片人出錢，多損他製片人幾文倒是善行呢。反正編劇費一向衝不出全部製片費的百分之一，多耗他一點紹興酒，等于把編劇本的價錢提高到百分之一點幾——別瞧不起小數點後面的數字不打眼。

「關于董事長上次指示的幾點，」算是吞吞吐吐的拉到正題上來了，且聽這個混蛋下面如何分解。「您不滿意的那幾點，像二十四場，白俠的兩段道白，這裏——」混蛋翻到疊了角的一面，雙手捧靈牌一樣的敬獻到製片人的面前，「已經完全遵照董事長的高見，一一改過，董事長的慧眼——」

我可忍不下去了；本子是我張某人的心血，「混蛋，你算老幾？強姦民意嘛，你是誰的代言人，經紀人？你憑甚麼作我的主！操他……」

但是推不動這個混蛋；穩若泰山，好像他連感覺都不曾感覺到。這個鬼東西，大約是唯一的水做的男人。推搡他一把，真像是你在水裏推搡了一把，力氣穿過去了，他這傢伙連水還不如，一個波紋都不生。「滾開滾開！」我可不客氣了，「張琦成來也！你這冒名頂替的混蛋，老子要告你偽造文書——不，告你……」告他甚麼呢？甚麼罪名？……沒想到我的法律常識這個樣子的貧乏，平常不覺得的。

「還有，第二十七場這裏——」混蛋又翻到另一頁摺角的地方，「上次我還愚昧的跟董事長力爭了一番，回去之後，反覆的研究，才甚麼……」

「混蛋，你是甚麼玩意！」我是忍無可忍的大喝了一聲：「你偷去了我的劇本，已經該判死刑，你——」

以為這一聲大喝，必然是語驚四座，把整個場子鬧一個翻江倒海，只是嚷着嚷着，很不是那麼一回事；混蛋是故作不知，不必說了，但港造大導演、製片人、拿捏要命的女秘書，操他，一個個都裝聾裝瞎，視若無睹，聽若罔聞，甚麼東西，你們這樣可鄙的勾結！火透了，不管，先照準你這個美國貨染出來的腦袋瓜兒一、二、三，狠狠來上三個爆栗。

依然，我操；就算你這個混蛋練就了鐵頭功，我不信你是死人！——除非你是活死人。

「這個問題不大，琦成，」光腦袋的製片老板冷冷然的掃了劇本一眼，「既改了就行。我們今天另外還有要事相商，等一等。我是向來尊重你們寫劇本的作家的，放心好了，借重你的地方還多得是……」

「請董事長多多栽培，多多提攜……」

甚麼鬼話！操他，你把我這張臉放在脚底下踐踏了。不行，一、二、三、四——賞你四個爆栗，不信你麻木到這樣子的冷感。

然而每一顆爆栗約合六磅的打擊力，仍然，完全無效。

你們四個男盜女娼！

「乾這一杯！」港貨大導演，擎起那種小口式的威士忌酒杯，在餐桌上空旋了一轉。他是聲明在先，喝不習慣中國酒的。操他的甚麼港貨，還不是倒流貨，一臉的奴相！

出于反射，「乾！」我附議着，伸手去端混蛋臉前不適合紹興酒的小酒杯。但混蛋眼歡手快，先我半秒鐘——似乎還要快一些——該說他是近水樓台，空間上佔了便宜。離他近嘛，所謂地利。

「要不要再打個電話哪？」

女秘書拿捏的翹着蘭花指，完全不表示任何一種具象意義的手勢。人只有在蘸了一手的油漆，找不着甚麼揩手，才會那樣子。我操！

老板咬着牙籤，採取一種含着體溫計的式樣，叼在嘴角上。「免。」短髫子蠕了一下。「幾點？」

另外三個，同時看錶，同時報時。

「噢。」牙籤不很顯明的翹了翹。

我敢說，茫然的那副猪頭三的傻相，根本就沒有聽進去此刻到底幾點幾分了。三個人報出三個時間，有十分鐘以上的出入。地球不知是照着誰的時間在那裏自轉運行。

「馬上該到了。」製片人嗡嗡的說。大致類似這個意思罷；由于猛起的一陣喝彩，把他那嗡嗡的聲量壓下去。

製片人無心答理，使得那三個男盜女娼忙着會診。察言觀色的結果，製片人的興致被舞台上的表演吸引了過去。

台子上的老牛仔，開始了另個節目，玩槍，射擊比基尼裝的女郎頭上頂着的蘋果。新威廉泰爾。淪落的威廉泰爾。

一陣鼓掌，加上一陣喝彩和鼓號。

彷彿所有的燈光都被聚集到了那一方舞台上。就整個夜總會這個大廳來看，所謂的鳳凰廳，客滿着不在自家喫飯的這些人，可都是在黯淡中海喫海喝，帶着一種原始本性的隨着攫取之後自衛過當的恐懼，似乎適好借着黯淡而有了保護的安全感。

場子裏統統沉落在寒色的煙霧之中。而舞台彷彿一面窗，窗裏薈集着熱烘烘的壁爐的調子。

血紅血紅的比基尼泳裝，不留心的猛一看，會令人喫個驚吓；活活的在那三塊要地上挖出三個洞，欲滴的那種血紅。我操，那麼多不在自家喫飯的慾之漂流者，一個個相親似的那副眼力，都有力透甚麼背的慧眼，眾志成城的那麼集中着火力。

蘋果應聲滾滾到地上，跌出空洞的滾動的響聲。蘋果想必是獵槍彈打不穿的某種質料，不然不會那樣。然而這已不在話下。從喝彩舉發前的剎那間的靜寂，起碼，我這個敏感的泛性論者，操他，我當然自知是泛到不可救藥的地步，別人是怎樣那是不用我管的，只要我在剎那間的靜寂中有那樣的慾念和感覺就行了；真的，莫名其妙，毋寧要那位比基尼會因老牛仔的失常而被虐殺。屬于少年的性抽芽期，慾望着虐殺女性所預感的酸楚的快感，蠢蠢的騷擾起人來。你能說這不是莫名其妙麼？性可以還童不能呢？說不出口的。

好罷，叫好還是叫得出口的，大家都喝彩好了。起碼，在我來說——這算甚麼，又不比誰退板，犯不着糟蹋自己——右手把左手當作比基尼，一下下狠狠的拍打，所謂鼓掌。公然的拍打，隨你把左手視為比基尼身體的哪個部分。

妙的是淪落為丑的威廉泰爾，我操，滿以為看官們喝的是他老人家的彩呢，受到鼓勵的輕佻了起來；扭着屁股，低級透了。那真是一種可憐的湊趣；你想，腰桿都硬了，還扭！磨白了的牛仔褲，可以斷言不是馬鞍磨白了的，夠慘的了。他是那樣的扭過去，抓住比基尼的手，用啄食的滑稽速度，連連的在手背上啄了幾吻，低級得無以復加，使你偏過臉去，不堪卒睹，彷彿是你自己在那裏表演，不勝羞恥。

老牛仔並且又拾起蘋果，放在比基尼頭上，再來。可歎這些番邦跑江湖的，操他，就是不懂得中國人的適可而止。真拿他沒辦法。

製片老板回過頭來，從港貨導演手上三五牌盒口裏抽出一枝菸。

無論如何，說製片老板再銅臭、再愚昧，總還算中國人；如果對于老牛仔沒有感到索然，大概也注意不到敬到臉前來了的洋菸。

打火機長得好囂張的火苗，送到製片老板的鼻尖。真把你活活的氣個半死；你知道罷，老板的三五還不曾啣穩，那個冒充我的鬼傢伙，忙着便把打火機打�了伺候過去。

憑我張琦成，幹得出這種下三爛的行當麼？怎麼這樣不擇手段的糟蹋人！真把你活活氣個半死。而且，你聽着，還有另一半，也活活的把人氣死——操他，你猜怎樣，一樣的打火機，完全一個牌子，一個型。他能冒充你而至如此徹底，你還想怎樣！

這也是不可忍受的，揮手過去揍掉他的打火機；豈有此理，給他一點顏色看，叫他混不得。

操他！打火機沒打落，這且不說——可能打得不夠準，暫且饒這一次——但是那一掌摑過去，簡直等于零；暴發戶那麼招搖的長長火苗，那一掌根本不曾摑着它，連稍稍搖曳一下都沒有。

完蛋，算你再也沒有絲毫作用了。難道我命已休，只賸這一縷幽魂找上門來？也許，人在死後——我是說，乍乍的剛嚥下最後一口氣，很可能，還沒有辦法知道自己已經死了。那就如同一件太意外的事，不管好事歹事，突然臨到你，弄得人不能置信一樣，需要一回一回的反覆勸導自己去相信才行。

真是笑話，勸說自己相信自己已經死了，會有這種事體！

然而人是把死亡視為意外的。

然而另一方面，人活着又是無時無刻都在十分肯定的朝着死亡勇往邁進的。

滑稽死了，操他！

那末，不管怎麼說，果真吾命已休，也該有個痕跡可尋，不能硬派我已如何如何；我的意思是說，那該是甚麼時刻死去的，有甚麼可能的時刻，或可能的事件，撞車還是腦充血，總該有點兒形迹可疑。但是，實在想不起來會有那樣的機會。至于猜想人在死後，也許不可能頓時有自知之明，那不過夢話而已。

不管怎樣，像眼前這般光景，芸芸眾生都在用盡一切官能的喫喝玩樂，像我這麼樣失魂的孤單，無人理睬，等于沒有我這個人存在。操他的，不管怎樣，我得設法證實我堂堂張琦成不曾死。證實的方法一定很多，疑真疑夢的時候，總是咬咬手指痛不痛。那也不大靠得住，我覺得；人的靈魂還是會有痛感的，要不然，十殿閻羅那裏的百般酷刑都是白設了。

想想這又從何說起，操他哥的，無端的攀扯上死不死的這檔子事來，癡人一樣。

老牛仔二度射擊蘋果。蘋果放在比基尼裝的女人囟門兒上。又是給人酸淫淫的那種童穉期的性感覺。莫名其妙！而且，威廉泰爾愈是瞄準的久，愈是助長這樣的感覺。甚至于全無心肝的慾望着馳出的彈丸穿進女人的身體才最好。虐殺，然而是不求致死的虐殺。令人慚羞，我操。完全是童穉期那種不明就裏的衝動，潛伏着的虐待女子的慾望。怎麼我這個人又過回頭了，負數的成長？豈有此理。

看那邊又來了一個小子。

剛才就已注意到他了，料定他是個有事的人；雖然穿梭在許多卡座和檯座中間，提着〇〇七，仍好似火車行駛在鐵軌上那樣的，一點不曾猶豫或繞彎的直向我們這個檯座這邊疾走而來。

行色分明看出那是有所為而來的。操他，一眼就看得出是那個樣子，賴不掉。氣得人難受的，又是〇〇七，難道就非要賣〇〇七箱子裏的東西才多值些錢！看這小子做甚麼來。操他，多半是同行罷。也許是要包甚麼工程罷，照明、佈景、服裝甚麼的。

演反派角色的一流人物，誇張的巧言令色着，活活就是鬼的電視劇那些令人生厭的角色。

但聽着口氣，他們是認得的；韶公韶公的奉承着製片老板。港貨導演和冒充我的那個鬼東西，也如同法門寺的桂兒小太監，水漲船高的跟着老板浮升起來，大導演、大編劇的唱喏着。加上這個的「大」字，似乎賦予了先生、老爺之類的新定義。我操他，不要臉的小奸小壞，馬屁拍得把人噁心死。

「小姐好，」他說，「小姐今天特別光豔照人……」

他這樣的恭維，挑的真是時候；正當我這人一旁冷眼相看，快活的惋惜他——女秘書的馬屁多要緊，豈可不拍！心裏剛這麼悲觀其敗，他便這麼恭維起來了，真是懂得時令，刁鑽的很。

這幾個勉強的回喊他龔先生。操他，聰明得剔透的這傢伙，不信他聽不出勉強的味道。

那也算他的大本事罷，新添的椅座搬過來，他抱着〇〇七坐下，一副恭謹惟是的陪笑。我知道，我會為受到那樣勉強的口氣而窘着，僵着。他則不然，那是他的大本事，能夠笑得好真心的樣子。我操他，看來真是身受了「龔先生」的味道，樂意而略帶些不敢當的謙遜，笑臉迎人的把你的假意都能轉變成了真心。化干戈為玉帛，是要一套工夫的。

有一種人生來就是這等樣子，不見張牙舞爪，也不似冒充我的那個鬼東西，那麼露骨的奴顏婢膝；他却只管捧出一張文文靜靜的笑臉就行了，並且適當間隔的呈現一絲兒似羞又似激情的顏色，好比一種靠着鎢絲的離合而作間歇性明滅的聖誕樹的燈串。

有道是「急火魚，慢火肉」，操他，這個小子是燒肉的火候。我這人比不上去，差得遠遠的。

製片老板是不大搭理的，讓港貨導演去交道。猜的沒錯，「我們目前——不拍古裝片。」導演彈彈菸灰。就這麼打發了。就像從香菸上彈掉菸灰一樣，把那小子的所謂古裝片給彈掉了。

猜的不錯，果然是來推銷劇本的。操他，哪裏冒出來的小猴頭，也不打探一下行情，硬碰硬的想搶這行飯喫，不自量力！

「沒關係，沒關係，」小猴頭好似認錯的連聲道着不是。「我這裏還有時裝的文藝愛情劇本……」

抱在懷裏像抱着甚麼百寶箱的〇〇七，平放在腿上，向着他自己打開一點點縫隙，好似一個考試作弊的中學生，偷偷藏藏打裏面澀澀的抽出一個本子。

「大導演，保證這個劇本能使你滿意，哀豔纏綿，曲折緊湊——」

「悲劇？」秘書小姐插嘴進來。

「不不，悲喜劇。」

小子惶恐的仰望着秘書小姐，又轉身仰望着港貨導演。那種仰望，操他的，給你的感覺很怪很怪，既不見秘書小姐和大導演的高，也不見這小子是坐在矮板凳上；一樣的座位，但是就是給你一種仰望的感覺。

港貨導演瞪着他，用一對天生的凌厲的三角眼。

「大團圓——結尾大團圓。」這個推銷員，敢情被瞪得難受，趕緊用這個搪一搪。

「那太俗套。」

「不不，保證太空式的大團圓。」劇本推銷員神經質的挪挪身體。

「哈，太空式！」大導演把腦袋轉了半個圓周，用後腦勺向着那小子。

「哎，是，最新式的。大導演若果覺得不合意，改過一下看看。」

「不是改不改的問題——」

「拍甚麼文藝片！觸霉頭。」製片老板冷過來一聲，幾乎帶着咆哮。

「所以，問題不在改不改。」港貨導演咬着洋菸的濾嘴說。握着高脚杯的手，無名指戴着一顆老大的紅寶石戒指，乍看像顆老是不收口的膿瘡子。

「文藝片也沒有市場——再說。」冒充我的那個鬼傢伙，乘勢跟着火上加油。我操，你懂得個屁！你講得出甚麼叫做文藝嗎？——所謂的言情片，加些文藝腔進去。

「那我這裏……還有武俠劇本，很精彩的——」

「好了好了，」製片人煩躁的搓着肥臉，直望着台上老牛仔在耍牧鞭。臉上整垛整垛的肥肉被推過來，推過去。「你跟邢先生說，我不是不幫你忙，目前，劇本不缺，日後有機會，給你留意就是了。」

却原來還是有面子的人推薦的。嘿，走關係，你這小子！我操。

「哎哎，是的是的，日後有機會再留意……」姓龔的這小子沒屁放的樣子，只好跟自己喃喃的念着。層山裏的回聲似的，和着製片老板的話尾。

「那還是多拜託……」看情形要撤退了。

製片人回他一眼，一點也沒有動心，重又觀賞起台上炸着火花般的一聲聲響鞭。

失敗的推銷員，依然一副固定的文文靜靜的笑，開始收攤子，仔細的把兩個本子收回〇〇七，嘎崩嘎崩兩聲，扣上了箱鎖。

老牛仔的長鞭耍得很火鬧；揮過去一鞭，就切掉一截啣在比基尼嘴上的香菸，一揮又是一截切掉下來，令人擔心的是女人的鼻子。

失敗的劇本推銷員，仍舊坐着不動，沒有求去之意。他坐得很仔細，用半個屁股掛着椅子的一個角角，幾乎是懸空在那裏。我敢說，若是誰捉狹的走背後偷偷抽掉椅子，也害不到這小子跌倒。他是運着氣功的那副謹慎樣子。

操他，甚麼意思！想用這個恭謹的鬼相補救一點甚麼？那才笑話；製片老板才沒生着那樣的仁心仁術，別討慈悲罷，小子！

老牛仔的節目結束，樂隊等不及的露臉，猛打猛吹起來，好像急忙慶幸比基尼的鼻頭沒有被老牛仔的牧鞭失手抽掉半個。

「那我告辭了，以後還要……」小子坐不住，含含糊糊的說了些甚麼，被樂隊不分青紅皂白的打下去。

比基尼跟老牛仔攜手謝幕。鼻頭確證無恙。女的笑口裏含着白得失真的牙齒，白得意外，好像打拳擊的人含着護牙的那種套子。

不管怎麼說，那雙腿還是給人一種亭亭玉立的美感，東方女性少見能達到那樣的比例。令人發嘲的是，我操，併攏那麼緊，嚴絲合縫，作貞潔狀。跟洋賣藝的合作，有甚麼好說的，操他哥！

「好啦，談談我們的罷。」老板目送比基尼進了後台，好像也跟着收了心。

「方才董事長已經恩准了這個本子——」

愈來愈不像話了，鬼東西，把我這張臉按到地上蹉了。

「不關劇本的事；董事長不是說了嗎？另外還有借重之處。」港貨——其實是倒流貨的大導演說。

「那這個劇本就不要再動啦？」

動個鳥！我大聲吼叫，像個甚麼大會指揮官叫的口令，有張翼德喝斷當陽橋的那股雄勁兒。可是，沒有一個人理會。這些鬼東西，耳鼓都是水泥做的？氣死你。

「老兄，」港貨導演說。「已經CAST了，還劇本呢？」

「嘞——!?」冒充我的那個鬼東西，呼出長長的一聲，尾音往上挑着彎子。

瞧那德性，操他的，有甚麼好大驚小怪的？也值得這樣嗎？馬屁相！

「那——關于CAST，我是說，幾個主要的角色，不知道能否賜告一二……」

嘿，賜告一二？怎麼不乾脆聖旨一二？CAST關你鬼東西哪根兒毛！

且看這個倒流貨的港貨導演怎麼為我的劇本CAST。

「男主角嘛，當然非尤沼莫屬，這是你老兄想得到的。第二男主角嘛，還在考慮，大概不出郗游仔、郗諢仔他們倆兄弟。至于第一女主角，老板已經親自安排——老板的慧眼，大膽用新人——麥茹小姐。怎麼？這樣的陣容，你老兄應該滿意罷。老實說，公司方面，算是夠重視這個戲的了……」

「那還有甚麼可說的呢，一流的，一流的……」

去你的一流，操他，下流可不可以？你知道屁！

真是臭對臭，對上了；一是大膽用新人，一是甚麼一流不一流的。怎麼人世所有的渣滓，都集薈到這裏來了！

用所謂的新人麥茹，說是想不到的，其實還是意料得到的；起碼是可以理解的。正如同死亡之于人生，人雖有生必有死，但是人仍然把死亡視作意外。麥茹這個半生不熟的ㄚㄚ，居然一躍而挑起大樑，操他。其實沒有甚麼居然不居然；說穿了，還不是那回事，意料外的，也是意料中的。該這麼說。

可是前一回碰見那樁事情之後，我操，還曾仁慈的感慨系之呢，覺得替她憐憫，好好一個女孩，演甚麼混賬電影來着，犯得着受那樣的屈辱！

那事情，操他，我太清楚了。

也算奇巧。上回他們公司去臺中出外景，我這個十年也不住一次大飯店的窮酸，想不到和他們同住在一家觀光旅館五樓，緊挨在一起的兩個房間，而且居然住了兩天，這港貨導演也不知道我在隔壁，我也不知道他在隔壁。要不是發生那事，操他，彼此永遠也不知道。

快交半夜了，讀一本叫自己慚愧慚愧的正經書，被隔壁的動靜擾到。若在家裏，那樣的動靜是不容易惹人在意的。可是一個人單身住旅館，心裏就難得平靜。縱使你決然守身如玉，也免不了左右隔壁的草木皆兵。操他，臭男人沒有不是那樣蠢蠢欲動的蠢的。

冷氣的聲息，維持着一種永遠的隱痛那麼的嗡嗡呻吟着。但稍久過後，習慣了，那聲息便告遠去，對你的聽覺好像已不復存在。所以那是十分沉寂的。

旅館而有如此沉寂，多少令人有些感到異樣。也許難得住一回這樣的旅館，不了解行情，兩天住下來，反而生出敬意，自動的律己起來；以至睡夢倒想起看看正經的書。似乎旅館的高不高級，就決定在這種聲音的紀律上。

彷彿是門鎖吱吱的轉動。沉寂中一響起那麼微弱的聲音，便平空的觸目驚心起來，以為是自己房間的門鎖——我操他，去你的高級，上門來兜攬了——心上迅速掠過這個念頭，無來由的騷亂。所謂的心旌搖動，大約就是指此。

很可笑的，原來稍一辨別，便聽出是起自隔壁。

然而怎麼會老是在擰着轉着的響？若不是鎖子發生故障，難道這個時候還有遲睡的孩子這麼貪玩？就在此刻，門以很大的動靜，忽的衝開，走廊上響起高跟鞋倉卒的磕響。

門外走廊上，分明鋪着墨綠的尼龍地毯，既發出那樣清脆的磕響，想必是急不擇路，磕在地毯兩邊的磨石地上——

「哎哎哎，這點面子都不賞，小姐？……」

怎麼？好耳熟的口音。

「不要啦，好晚了……」女的是感冒似的有些痖痖的聲帶。似乎又走回地毯上來，不再有高跟鞋的響聲。

顯然有爭執，聲音低下去，戚戚嚓嚓的聽不很清楚，間有細微的騷擾……。

那男的會是誰？努力的尋思，略帶些粵腔——介點面子都不響呼……

下了床，已經輕輕的搶到門邊——但還是不要開門的好，萬一真是熟人熟臉，都不方便。操他，你管人家的鳥事？我站在那裏，敬默的樣子，垂視着門下沿，從外面投射進來的窄窄一條燈光，垂視着自己的一雙赤脚。

然後沒有甚麼動靜，似乎女的還是回心轉意，乖乖回房去賞面子了。門是提防着發出響聲的輕輕閣上。

回味着那樣感冒期間的痖痖的嗓子，略有些鼻香，蠻有叫人憐香惜玉的味道。隔着一面牆，好叫人替人着想的騷擾不安，幾乎就要伸手去接床頭燈底下的對話機開關。操他！

這事一直在心裏作怪，第二天寧可遲搭一班車，也要專事等着隔壁門響——有這種無聊鬼。但還是等到了，一個是倒流貨的香港來的大導演，一個是被介紹為「麥茹小姐」，好眼熟，必定在哪裏見過。當然，不旋踵便記起來，拍《赤面俠》時的一位場記。記得當時並不怎麼打眼兒，乾巴巴的一個女娃子，生着適合西方人口味，而在我們看來要嫌大了一些的兩片寬唇。操他，早知是她，用不着折騰半夜的反覆着那些無聊的替人着想。

這個混蛋港貨，真是生冷不忌，我操他。在他們圈子裏——你這個下賤的編劇壓格兒是在圈子外——似乎把這個叫做蓋章罷；好惡劣卑俗而無動于衷的玩耍。

如今，這其間似還不曾隔過一部戲，便從場記躍登上第一女主角。操他，必定又經過製片老板蓋章了。這個肚皮膘油足有三寸厚的蛋頭老板，一樣的也是生冷不忌的亂蓋章的。亂斯濫矣。

我叫起來，極盡嘲笑的嚷着，好個CAST！把個女娃子當作銀行傳票——這挖苦，他們敢情還不大懂；雖然他們壓根兒不要聽，裝作聽不見的種種鬼樣子，依舊乾杯和海喫海喝，而把聽覺交給大吹大擂的洋琴鬼子們。

怎麼不是銀行的傳票呢。我操他，從辦事員一路蓋章蓋下去，股長、課長、主任、襄理、總經理……那個混蛋的倒流貨，也不必沾沾自喜，不定是第幾顆圖章，了不起蓋在老板前面而已。

當初還曾憐憫過這個女孩，替她覺得受了屈辱。我操，張琦成呀，你悲天憫人已到了可憎惡的地步。少揮霍你概念性的慈悲罷，如果照你他媽的那些道不道，德不德的來，那個叫麥茹的，至今——而且永遠，只是一名小小的場記，休想翻過身來。

侍女上了甲魚，還送上高杯的甲魚血，用作驗明正身。之外，操他的，兌進酒裏才是大補呢。

這些亨字號的傢伙，打觀眾那裏騙來的錢，便是這麼死作活作的。

對了，你喝罷，甲魚血。我是指着冒充我的那個鬼東西譏誚。滋陰壯陽的大補品，補得你陰陽怪氣，可惜你比不得老板和導演他們賊夥，你往哪裏去蓋章！

那末還在等甚麼？神秘兮兮的，女秘書要打電話，老板吝嗇的回個「免」，還在等誰來麼？等來的倒是個脫衣舞娘——真是「娘」，操他，開始中年胖的徐娘。

報幕的用四川口音的洋涇濱英語，介紹那個舞娘來自Tokyo。又胖又矮，地道的日本人身材。我是不安好心眼，連忙把場子裏一席一席的看過去，巴不得發現一眼就看得出來的日商日僑們也在座，看看你們自命強國大國，操他的，還是一樣的讓你們的娘子出來賣肉賺外匯。丟臉丟到了外國來。

瞧那副饞相！我說的是我們這位鴨蛋頭製片人。真應了那句俗話「越喫越饞」。製片人用眼睛看不算。主要的，我看他還是用張得好大的嘴巴看。很實用的那種欣賞眼光。你會擔心那嘴巴裏的眼淚隨時掉下來。

令人非常好感，脫衣舞脫得乾脆，披風一甩掉，便簡單明瞭，進入佳境。但要說明那一身的衣裝，竟不是三兩句話可以透徹。

那你先假當這個日本徐娘——操他，你總不能侮辱人的把徐娘解作徐福之娘罷——穿的是一襲玄色的無袖旗袍（或說它是長馬甲也可以）。但却有分教；旗袍太瘦，人又太胖，使兩側的脅下縫，從上到下都撐得綻線，裂有半尺寬也不止。怎麼辦呢？真是窮湊合，就用串球鞋帶子的辦法，長長的黑帶子，從脅下一路串下來，串到膝頭那兒打一個活結。這樣便把前襟後襟串連起來，算得上很巧妙。只是仍然很寬的縫子，合不攏，兩側便都露出半尺那麼寬的肉。那肉被串來串去的帶子勒得一道道深溝，看來便是豆腐族類裏的素鷄，或者廣東味的猪脚臘腸。

問題是穿的單掛號，這日本徐娘裏面不曾襯甚麼褻衣。這且不言，眼看這根猪脚臘腸在發瘋的鼓號聲裏扭着，擰着，就情不自禁的把兩側結在膝頭那兒的活扣子解開來……

就照着這個路數表演下去了……

叫你說說，我操，你叫我們這位剛飲下甲魚血的製片家，焉得不用嘴巴來欣賞！瞧那副癡癡的虛脫狀態，無論你怎樣拒絕去想，仍然要連想到火燒羅馬城的尼羅王，和他那隻眼淚瓶。想着該把它拿來，等在我們這位老板嘴角底下接眼淚。

又來了一個人，給製片人折着腰見禮。事先沒有看到這個人怎樣穿過亂糟糟的桌椅之間走來的，使人覺得很唐突，好像這人一直是躲在桌子底下，瞅準機會一下子冒了出來。

老板的臉色很不悅，瞌睡的樣子斜了那人一眼，目光又回到舞台上。

遭到這樣冷落，不知是來遲了，還是這人所瞅準的機會並非良機，只是仍還不識相的折腰侍候在那兒，聲聲的叫着先生先生的。

「素鷄舞——妳看這叫素鷄舞好是不好？」冒充我的那個鬼東西，在跟女秘書搭訕，自以為挺幽默的輕佻着。

素鷄舞，哏，你倒也「素鷄」起來，分明又是從我這裏偷去的，氣炸了人。盡打我這裏偷一把、摸一把，拿去諂媚。

女秘書對他的「素鷄舞」，造作的淺笑了笑——只等于露露牙齒而已——立刻就又隨着閉口而把笑意收斂得乾乾淨淨，以保持她那種在老板之外任何人面前的冰點。操他，這樣的被一個女人應付，你難道不覺得恥辱！想用幽默——低級——取悅取悅女秘書，討老板的歡心？得啦，笨蛋，別惹出老板的酸勁罷。再說同這種不解幽默的石女亮甚麼鳥的幽默，操他，你是取辱；哪裏是取悅。

就如同素鷄非鷄，脫衣舞那樣煞費周章的作狀了半天，壓根兒沒脫，就那麼失信的收場了，算是吊足了飲甲魚血的人的胃口。

「一定是——」才來的那個人，湊近老板的耳根兒體貼着。「信不信，姑丈？一定因為有警察在場……」

才來的那個人——操他，還把他看做等閒之輩呢，原來有這樣的瓜葛。來頭不小。

「那太煞風景了，我操。」冒充我的傢伙，忙着附和上去。

聽聽他這口氣，不活活就是口裏不乾淨的我張琦成？難為他能摹仿你摹仿到這麼亂真的地步，也算可以了。操他，認了！你算是被這個無賴鷄姦式的把你出賣了——死劉彥秋，我操，是他鬼譎的甚麼鷄姦不鷄姦的。

「又到哪兒泡去了？」老板看看錶。

「追這個劇本不是嗎？」

「追他幹嗎，不按時改出來，正好甩掉他。」

「姑丈也是點過頭的——」

「我們不興再搖搖頭！」

「當然，」做內姪的把個厚厚的本子送過來，等着老姑爺接下。「都是照姑丈的意思改的啦……」

我看這已是製片老板不可藥救的毛病了，動不動就是改呀，改呀，別人都是要改的，單他做老板的不用改。操他。

「怎樣，琦成？要借重你一下……」老板抖着腿，輕鬆的說。

聽着，這口氣夠多不外。出自那張勢利的厚得好貪的嘴唇，簡單嗎？操他。我張琦成若不是一流的紅編劇家，他買你這個賬？沒門兒。

「承您瞧得起，嘻嘻……」瞧那小子脅肩媚笑的皺相，把你活活氣死。犯得着這麼奉迎麼，下賤！

「這個本子，是部好戲，只不過編劇的名氣不夠，所以嘛……」

「請問是哪一位？」現在都是他小子代言了，我是喊破嗓子也不作用的。

「這你也不必過問了——不過還是要署名的，白海，你不認識的——」

當然，豈止不認識，我操他，聞所未聞。

「所以嘛，要借重你一流編劇的名聲——張琦成，白海，合編，這樣就有號召力了。你的意思……？」

荒唐！分明這是拿我張琦成去給無名小卒抬轎子，豈有此理！你小子要冒充我答應了，我可要你的狗命。

「公司當然不會白白借重你的名義。琦成，這個數——」豎起四根短短粗粗的手指。

「買你在這個本子上簽個名。」

「天下沒有比這個更貴的名子了，」港貨導演幫着腔說。「真正的——貴姓大名。」

混蛋，我咆哮起來。我張琦成，不錯，賣的是這個名，但不是這個賣法……

「如何，琦成？」老板從秘書小姐手裏接過筆和支票簿。操他，這是甚麼鬼買賣！

「這是你閣下創了史無前例的……所謂……所謂……」

這個該死的倒流貨導演，幫囟，助紂為虐，把臭本子推到我——不，正確的說，推到冒充我的那位鬼東西面前。「破個紀錄罷，再光榮不過的。」一面這麼催着。

「不可以，不可以，不可以……」我狂叫着。

然而多麼微弱的呼聲；沒有誰理睬你發瘋。

「不過，劇本我是要看看的，好罷？」

這還像句人話。操他哥的。

「不必了，馬上開鏡。照着你閣下的人生速度，我們就別想活命了。」

豈有此理！嘿，伙計，你冒充我，怎樣都沒關係，這樣子像袁世凱被日本人強迫簽訂二十一條件的勾當，決不可以。

老板的派克筆，好似裝上餌的魚鉤，停在支票簿上打着轉轉等在那兒。

操他，你敢去接鬼導演手上的筆！我要你的狗命。你不信邪，就簽嘛——

「人，誰還跟錢有仇麼？」冒充我的那個鬼東西，居然說出這種鬼話。「分期付款的豪華公寓，正好還欠的這麼多呢，嘻嘻……」

你居然就簽了，我操，簽就簽罷，你幹嗎拿這樣的鬼話解嘲，出賣我張琦成到這種置之死地的地步，操你親哥！

一九七一年九月十六日

蛇

就一直這樣的僵持着，一個一七八公分體長的大男生，跟一條斷然不到一尺的小蛇，如此之僵持不下，算甚麼玩意，他媽的！愈想愈叫人懊惱。

眼看快要十一點了。在高山上，你可知道十一點這個辰光，夜有多深多深了？他媽的，雙方僵持快一個小時了。只顧着過一會兒看看錶，過一會兒又看看錶，這樣只顧着看錶，甚麼也不當用的，徒然叫人來氣；缺德的東西——我說的是錶上的秒針，真的，氣死你，頭頭是道的只管趕它的路，哪管你做主人的死活！逢到你這樣危急存亡之秋，起碼——我的意思是說，在你和肚皮上的一條小蛇僵持着，孤援無助的這樣感慨着世態炎涼的時際，你是氣恨連自己手錶上的秒針也不顧你了，只管匆匆匆的趕它的路，起碼比平時快上一倍，幹嗎這樣的趕命，趕到哪裏去？你感到它是無情的把你撇棄了，彷彿不是你的錶；你落難了，它才不要跟你共鬼的患難。

肥仔也是一樣的無情；這條死猪，死睡得那麼無情，鼾聲要把屋瓦震落下來。肥仔，去你的！共患難的好友，你該醒醒了罷，哪有這個道理，九點鐘還不到就睡了，死睡到現在，連個身也不曾翻一下，也該睡夠了；睡那麼多幹嗎？徒生肥肉。你光知道節食減肥是沒有用的，如果不節睡的話。死傢伙，電燈照出一腦門子蠢汗。厚得像墊上運動的墊子似的硬棉被，那樣紮紮實實的壓在身上，也熱不醒這條死猪，無情無義到這般地步，真是死猪一條，該死的肥仔！

已經試着喊過肥仔十次也不止了，等于石沉大海。當然，我的聲量也太少了；有甚麼辦法呢，肚子上盤着那麼一條小蛇，你能用多大的力氣喊叫呢。用這樣害了病一般微弱的呼喚，和他如雷的鼾聲相比，那是羽量級碰上了重甲級，不堪一擊的。肥仔，他媽的！你簡直不是東西，這一點點的患難都不能相助，還談甚麼友情！太不夠朋友，叫人寒心透了。

但願，哼，肥仔，別怨我心地不善，但願你那床棉被底下也正盤着條小蛇，單等你翻個身，狠狠給你一口，那就有你瞧的了。也只有那樣，你才會醒過來，我看。肥仔，等着瞧罷，算你暫時有點兒福氣，睡成一條死猪，連翻一下身子都不曾翻過。一條雨傘節，或者百步蛇，反正是條其毒無比的小蛇，正盤在你肥仔的肥肚皮上。

不過，不至于那樣；你還是不要跟我一樣倒楣罷。那樣的話，兩個人同歸于盡也不是辦法。肥仔，你還是發發慈悲醒過來的好，好歹所有的希望，肥仔，都寄託在你身上了。除掉你——他媽的，還有誰能來救我一救……

肥仔，肥仔，你再不醒醒，我可要罵人了……我是用近乎彌留之際的那種微弱的聲量呼救着。平時，你是發覺不到的，稍微大聲一點的喊呼，會引起肚皮這樣大幅度的起伏。你說你有甚麼辦法！

怎樣也想不到的，有這種離奇的怪事發生。人倒楣的時候，甚麼古怪的事都偏會碰上。照這樣子看來，人是說不定隨時隨地都有倒楣的災禍暗地裏伺候着的。事先，一點兆頭也不曾有，叫人毫無提防，而說碰就碰上了。真他媽的！我跟你無冤無仇，除非前世結怨。你倒為的甚麼？這十萬大山，你這個不得人心的小鬼，哪裏不好去，偏偏盤到我的肚皮上來，熱熱的肚皮這樣與你有甚麼好處呢？

像肥仔那樣，早早的就寢也倒罷了。睡着了，而又睡得那樣死，隨他盤上一打小蛇又該怎樣呢，偏偏要看個甚麼鬼的報紙。

看報倒也罷了，看的又都是些陳年老古董的舊報——帶上山來收藏溫帶植物標本用的。有甚麼可看的呢，津津有味的一份又一份的看下去，無聊透了！但是這個壞毛病改不掉，無可救藥，差勁，非要看點兒甚麼書啊報啊才睡得着，豈有此理！

那再繼續看你的舊報呀，再看嘛，不看睡不着覺的，怎麼不看了？把那一厚疊的報紙看完了再睡嘛，反正睡在這裏，瞪着大眼也睡不着的，很無聊嘛。

不過，看看過氣的舊聞，別說，也蠻有意思的；——杜勒斯訪華，發表談話，大報復主義，百花齊放被解釋得很詼諧雋永。想想看，杜卿來華訪問的那個時候，我在幹嗎。往前推算罷，一年一年往前推算看看——我這個爛數學，說出來要臉紅的，再簡單的數字，也要同時扳着兩手的手指才算得出。大二，記在左手的拇指上，不是嗎，那末，今年，落在右手的拇指上。屈下兩隻拇指，好了，去年，大一，屈下兩隻食指。前年，聯考落榜，進補習班。大前年，高三，屈下兩隻無名指……然後，手指不夠用，屈下來的指頭再逐個逐個翹起來……算出來了，倒真費了點手脚，那年，剛進初中，好土！規規矩矩的，鄉下人上城拜會親戚似的，兩手放在膝蓋上，端正的坐着，襯衫領子的鈕扣扣得結結實實的。把課堂當做法庭一樣。杜勒斯訪華，而你正在用漢字給英文注音：狄司、衣司、矮、代司克……蠻有意思；萊特、衣司、矮、妾耳……

真的，蠻有意思，把這段新聞——不，把這段歷史讀完，該睡了；十點零七八分的樣子，高山裏的時間和臺北的不同；猶之乎格林威治時間與中原時間。白晝與黑夜，同在一個地球的球面上。窗外無風、無月、無聲，只有肥仔打呼，這個驚天動地的貪睡傢伙。狄司、衣司、矮……側轉一下身體，換個舒適點的姿勢，要不然，右邊手臂會麻掉的。好，這一翻身，可翻得要命，肚子上甚麼時候盤踞了一條小蛇，很小很小的，就那麼從肚臍附近的這一邊，滑溜溜的游到另一邊。清清楚楚感覺得出，很小很小，小得幾乎毫無重量，滑滑的，涼涼的，順着肚子側轉後的坡度，滑到左邊了。天下就有像我這樣的倒楣鬼，這樣被一條斷然不會長出一尺的小蛇定在這兒，一動也不敢動。好像被點了穴，連大聲一點喊叫都喊不出來。

這倒是哪裏說起！大約人碰上倒楣的時候，總是找點甚麼來怨怨的。想起來，真是發瘋，採甚麼鬼的溫帶植物標本！果真因此把命送在這高山上，那是犯的哪條煞！想也想不到的。如今，只希望牠不要是甚麼龜殼花、雨傘節。青竹絲的可能性似乎不大。但是對于毒蛇的常識，在我僅僅是來自道聽塗說；溫帶氣候的高山上，沒見到有甚麼竹林，是否這就不會有青竹絲了呢？恐怕根本就說不準的。

然而希望不要是條毒蛇，這個希望只能說是愚民政策；對自己，撫慰一下尚可，除此而外，甚麼也不當用的。我看，能夠喊醒肥仔，仍不失為僅有的一點指望——也是僅有的一點可以試之行之的辦法。

肥仔，肥仔……我要喊你死猪了，你要再不醒的話。你行行善好不好？醒醒好麼？喊你死猪算了，他媽的！人都有急難的時候，你肥仔也免不了的。有一天，哼，你總有用得着我的一天。易位而處的想想，肥仔，你若是處在這種樣子呼天不應，叫地不靈的困境裏，你心裏該是甚麼滋味？一起結伴上山來的，一個生死交關，一個呼呼大睡，怎麼也說不過去的。萬一你的伙伴因此而完蛋，你將來不是要憾恨終生嗎？肥仔，在你，實在並不要費甚麼心思或者吹灰之力。不是向你借錢，你有你的難處。現在，我的天，只要你醒醒，慢慢的把蓋在我身上的棉被揭掉，判定小蛇的位置，也許能從短褲下頭看到是否毒蛇。如果只是一條草蛇，那就好辦，拼着被咬一口，那都沒關係的；我們帶的有外傷藥水、藥膏。搽點藥就沒事了……萬一不幸是條毒蛇的話，我想，只要看得到牠躲在哪裏，總有降住牠的辦法。譬如ＤＤＴ，對着牠打，雖不一定致命，起碼可以叫牠暈暈糊糊的神志不清起來，那就好辦了。也許牠自己就會覺得氣氛不大對，自動的遊開。或者感到口渴，去到甚麼地方找點水喝喝——不知道蛇喝不喝水。不管怎麼樣，DDT對于所有的毒蟲都是有用的。旅館裏一定會有。旅館雖然簡陋得要命，不能沒有DDT。即使沒有，車站那邊的小街上不是有家藥房嗎。沒有DDT還算藥房嗎？不會的，不必為這些事煩惱，而且也用不着你肥仔深更半夜跑那麼遠去買DDT，旅館老板得想辦法的。要不肯——怎麼會呢，下山時，要在他旅館門口寫上「此旅館內有毒蛇」，看他喫不喫得消。不會的，客人遇上這種事，旅館豈能不管！旅館自會想盡辦法解決的。還有那個不得人心的傳教士，就在對面。也許連DDT都用不着，有更好的辦法。

但是擺在面前的當務之急，還是把肥仔這個蠢猪叫醒才是，否則，再好的辦法也沒有用。肥仔，你醒醒可以嗎？好像一百年沒睡過覺的樣子，可也逮住了機會。肥仔！你再不醒，我就要恨你一輩子了——若是不幸而因此喪生的話，肥仔，我要變鬼來收拾你。

不過也不能全怪肥仔，你這樣營營營的喊着，不見得比紅頭蒼蠅的聲量大多少，他哪裏聽得到呢。要命的是始終不敢放開聲來喊，連呼吸都不敢大一點。

記得從前讀生理衞生，書上說，男人和女人不同，男人是用腹腔呼吸，倒有些半信半疑，幾乎有些不服氣；那麼肺臟是做甚麼用的？現在才痛切的認識了。然而男人為甚麼要用肚子呼吸呢？真是不可理喻，肺又不在肚子裏。難道專門為着有一天肚皮上盤着一條小蛇，制着你不可大聲呼救，上帝才作這樣安排的？豈有此理。那個鬼傳教士，都是他，蛇呀，原罪呀，善惡樹的菓子呀……我想……都是他招惹來的。上帝要是那樣的捉狹鬼，就不要怪我和祂的僕人爭辯了那些個，更不要怪我不肯信仰祂。真的。

人若倒起楣來，似乎活該甚麼鬼事都湊到了一起；我敢說，天下沒有「偶然」這個存在。如果不是那個該死的傳教士臨去時一再囑咐，誰個發瘋才會蓋這麼厚的棉被。身上如果沒有蓋着棉被，也好辦了，隔着薄薄的短褲，總是比較容易觀察出牠的行踪動靜的；雖然觀察出來，也並不見得有甚麼用，而人終歸是人呀，人是很自恃和信用一雙眼睛的；看得到的，無論如何總比盲目的承受，多少有一些自尊可言，不至有太塌臺的感覺。

而且，如果不是這麼一條厚棉被做掩護，憑牠膽敢鑽進我褲子裏來？而且，也許這麼一條冷血類的小動物，早就耐不住裏頭高溫，偷偷溜走了，却由于厚棉被的蒙蔽，害得你仍然支着一個喫力的姿勢僵在這裏，一動不敢動，無知的恐懼着。你不能不說，這床厚棉被的助紂為虐，實在是罪大惡極。而在山下，旅館裏已經多半採用了又輕又柔又暖和的愛絲龍被，越發的更令你把這種過了時的厚棉被看得有多醜陋、骯髒、一無是處。

都是那個該死的傳教士，不聽他的窮嘮叨怎會落得這麼個下場？是他說的，睡前一定把棉被蓋到身上，再熱也要蓋上，不然的話，一到了半夜，溫度就會陡降下來，等到被凍醒，那就遲了。傷了山風不是好耍的，倒下來就起碼一個禮拜起不了床。

聽見沒有，鬼話連篇！這不已經半夜了嗎？他媽的，溫度何曾有一點點下降的跡象？鬼扯蛋。哼，也許——不必也許；一定是我嘲笑了他的原罪論，使他暗暗惱恨，才藉這個來報復。

沒錯的，一看就覺得這個自許為上帝的僕人的傳教士，一臉假情假義的虛偽；笑得那麼廉價而勉強。過分的和氣、謙遜、反而使人疑心的——並非我這個人不好，愛猜疑人。

當然，也說不上甚麼報復；難道他能算準了將要有條小蛇要鑽進被子底下來？我看他還沒那麼高的道行，那麼大的神通。

但他是有點圖謀不軌的樣子的。天下沒有那種人，你嘲笑了他的信仰，而他還能溫溫厚厚的對你微笑着。分明恨你入骨，還在對你微笑，你想他會安好心眼兒？

至于諷嘲他的宗教，也不是存心要怎樣，只不過他們那些人造的教規，有些實在令人發噱而已。我敢說，毫無惡意。真的，一個高級知識分子，輕易的就接受了宣教，毋寧是可恥的。不過是出于這點心理而已。然而作為一個傳教士，難道連這麼一點幽默感也沒有麼！一點點不傷大雅的取笑，算甚麼呢，一點氣量也沒有，還配做傳教士。

就算不至于報復罷，存心使點兒壞，還是有很大可能的；讓你聽他的忠告，把厚厚的棉被像一面牆似的壓到身上，熱得你睡不着，睡着了也叫你做噩夢——死肥仔，現在一定正做着噩夢，瞧那一頭的惡汗！——起碼，焗得你害起一身的痱子也是好的。好陰險。他媽的傳教士，好詐！

哼，等明天見到他再跟他算賬……

可是是否還有明天呢？

別想得那麼悽愴罷，說不定是條無毒的草蛇，而且已經早就跑掉了，不過虛驚一場。

可是這種不穩定的半側臥姿勢，業已苦撐了如此之久，總歸不是辦法的。十一點五十多分，天，一個多鐘頭了，真的有些招架不住。曲撐着這條右腿，四不着邊的像座比薩斜塔，着實架空的支着夠久了，有些作不了主的在微微顫抖。怎麼辦呢，他媽的，害苦了我了。

除非不管三七二十一，扯掉被子，猛跳下床，如果動作夠快，說不定來不及咬我一口，就已經被我給抖掉了。未始不是個辦法……

但是冒險太大，成功的公算又太小，不能這麼蠻幹。未到最後支撐不住的關頭，還是耐住性子忍一時刻、賺一時刻罷。

肥仔……肥仔！你要再不醒過來，我可撐不多久就要完蛋了。醒醒罷，死猪。

如果還有明天，第一件事，就得找那個傳教士算賬。實在把我害苦了，你這個心存詭詐的上帝僕人！

我不饒你。饒你我不是人。

不過那樣也不好——這樁事不要讓他知道才行。否則，那他要樂死了；當他獲悉他的壞心眼兒報復，得到了意外戰果，豈不更加助長了他的氣燄相信他的上帝是這樣的支持他。

當然，我自己也有不是之處；吾日三省吾身。宗教信仰自由嘛，取笑人家幹嗎呢。你不接受他的宣教說教也就算了。所謂民主精神，我想，不一定界限在政制上；尊重人，才是最基本的民主精神。你何必去挖苦人家呢，那只表示你的幼稚。高級知識分子的懷疑態度，並不是以這種方式表現出來的。你太淺薄了，徒見你的虛榮而已。

只是話又說回來，你不是位教士嗎？小小的一點點玩笑，也並非甚麼大不了的褻瀆神明，這擔待不起，毫無胸襟，還要去救人救世，去你的蛋罷。

設若我自己竟然也有錯處，我想，防人之心不可無，警覺之心太不夠了。想想看，叫他那麼難堪——雖然仍舊強作微笑——他能輕易罷休麼？必定要藉着甚麼出出氣的；

人心還不都是一樣麼，傳教士又不是神，他能例外？如果你不去相信他佯做好心的那些嚕囌，蓋被子不蓋被子的，不是也就上了他的當了？幹嗎你要那麼乖，那麼聽話，一點也不疑心的把疊在脚頭上的厚棉被用脚挑開，拉到身上來？你不是還打算再看一會舊報才睡麼，幹嗎忙着就蓋上被子？不是還很燥熱麼？你忙的甚麼？你的高級知識分子應有的懷疑態度哪裏去了？你不肯接受他的上帝，倒接受他的魔鬼了，該你倒楣的。

不要老想這些罷。你簡直陷進去了。也許根本甚麼也沒有，只管在這裏庸人自擾。你這樣想來想去，完全無助于解決目前這個窘境。不切實際。

肥仔……肥仔，我喊你老子好不好呢，只要你肯醒一下。

事實上，那時候已經有些倦意，害怕看着看着報，不自知的就睡着了，所以才順便用脚挑開棉被，拉一邊被角過來，蓋蓋肚子，並沒有正式的蓋在身上。幾乎是一種無意識的舉動。

可是你這樣的解釋，已經證明你相信了那個傳教士的鬼話。你信了他了。即使你否認，你的潛意識已經被催眠的接受了他的暗示。他成功了。你喫虧了。他心裏樂不可支了。你倒楣死了。就是這麼一回事，你還不服麼？

你所謂的高級知識分子，原來就是這麼高的高級，你不慚愧？你被一個鑽在山區裏愚弄村夫村婦的窮傳教士所愚弄了，好妙！

你還不服輸麼？

還是不要老想這些懊惱而喪氣的事罷。你總得想想別的法子，不要這樣徒勞的傷神。假使肥仔一直就這麼鼾聲如雷的死睡不醒，難道要等到天亮嗎？你這種落不實的姿勢，絕對撐不到那個時候。

肥仔，我不罵你。你怎麼熱不醒呢？

瞧肥仔那一腦門晶亮的汗珠，死不幹好事的傳教士，也害得他好苦。

說來，肥仔比我圓滑多了；儘管他也是一樣的接受不下那些說教，但他天生的一臉忠厚相，討人喜歡，娃娃臉。對那個該死的傳教士，他是一句微詞也沒有，甚至可惡的直點頭。好像那些說教，他是覺得不知有多深得吾心——這個面帶忠厚，心存詭詐的肥猪！好嘛，你不是討好嗎？你也一樣的受害了。我真相信，在那末厚的老棉被底下，要不汗流成河，那才有鬼呢。

然而麻木不仁的傢伙，肥仔，你捱人家坑得這麼慘，還睡得好甜好甜，甚麼玩意！過了半夜就能把你凍醒呀……瞬着大眼睛說鬼話。而居然這樣子的高熱也熱不醒他，古怪不古怪！

錶上的秒針，不容情的匆匆匆的走着，可是就處在這種度時如年的苦況裏的人兒看來，一方面又不知道時光有多難挨。已經過了十二點，過了零時，已經是第二天，這到底算甚麼呢？能夠自由活動的，只有這兩隻光光的手臂。而空有這雙手臂，甚麼也做不得。頭是不能動，一動就影響到腹肌，這我都試過，真是牽一髮而動全局，只有這樣僵持着。

令人費解的是，該死的東西，哪裏不好去，單單鑽在溫度這麼高的棉被底下，鑽進來就不想出去，豈不是莫名其妙！你是冷血爬蟲類，何苦呢？他媽的，你簡直無聊透頂。

要命的是，背脊底下，汗水已使人有泥濘的感覺，這樣浸下去，皮肉也是喫不消的。一想到肚子上盤着一條花花斑斑的玩意，又這樣的束手無策，真是覺得不如死了算了。那樣的盤成一團，像個龍宮貝殼罷——恐怕不會有那麼大；當牠從肚臍右邊滑向左側的那個瞬間，簡直感覺不出牠有一點點的重量。

據說青竹絲的身體就很輕。好像聽說過，可以在水田的稻浪上行走如飛。那是不大可能的罷，誇張得太玄了一些。

然而為何在那樣翻身之前，一點也不曾感到牠已經爬到肚皮上來了呢？不知道——簡直不可想像牠是怎樣偷偷鑽進來的。想到這，就令人不禁周身一陣子肉顫。可惡的死東西！

太有可能是那樣的罷——譬如說，棉被疊在那裏，而牠早已經躲在裏面了。要命，要是那樣的話，可更叫人從心裏往外發涼；原來在那麼樣順便用脚尖挑開棉被的當口，牠就——說不定啪嗒一聲抖掉下來，而我這個傻瓜，只顧着杜勒斯甚麼的，就沒有聽到那一聲，也沒有感到牠乘勢遊過來，甚至遊進內褲裏來……多叫人不能忍受的那種軟體的蠕動！

但是，容我前思後想一下，果真是那樣的話，讓我想想，嗯，有可能；對的，太有可能了，該死的傳教士，太有可能是他幹的好事。說不定就是那樣，他帶了牠來，瞅着肥仔和我沒有留意的時候，就那麼偷偷塞進疊着的棉被裏了。

可能那是他辯不過我的時候，心中一惱，就做出魔鬼的勾當來。當然，他不是這麼想，他是蠻認為在替天行道，代表他的上帝來懲罰你這個異端。混蛋，這個泯滅天良的偽君子。

不可能那樣罷。亂想！沒有甚麼宗教不是勸人為善的，好歹是個傳教士，上帝的僕人。

但問題是你不肯接受他的上帝。宗教不是勸人為善而有時自己並不為善麼？譬如十字軍東征，兩個宗教，互毆得頭破血流、屍盈遍野、民窮財盡……不過他是宗教，我可並非宗教。高級知識分子的世界裏，上帝是我，我是上帝。在他傳教士的眼裏，你是個異教徒，毫無疑問。起碼，你是個不接受上帝道理的魔鬼門徒。蛇是魔鬼的化身，好罷，就叫你和魔鬼同衾共榻一宵罷。物以類聚。那是有道理的，在他的邏輯裏。

最低限度，就算不是這個死傳教士搞的鬼罷，最寬厚的說，至少他是可能作一種消極的陷害的；像他那樣說了半天教，說得兩邊嘴角聚着白沫，而你仍然刀槍不入，並且頑強抗拒，使得他不得不悻悻然撤退之際，單巧就在那個當口，被他無意中發現棉被縫裏有條小蛇……譬如說，正在往被子縫裏鑽着，還賸一截尾巴梢子露在外面，蠕蠕着，恰恰被這個懷恨在心的鬼傳教士看到了，而他不說，微笑着跟你再見哪，明天見哪，晚安哪……那麼的掩護着他的就地取材，牽引你的注意，直等那一小截尾巴安全的進去之後，他揮揮手，那麼瀟灑，千萬不要貪凉，中了夜寒可不是耍的，一再叮嚀你，十拿九穩的給了你一場好戲……這個該死的傳教士，他媽的！

是不是？一定是這樣，太可能了。狡獪的傢伙，笑得那麼慈藹，一肚子的壞水。

無論如何，這條小蛇是他放進來的也好，是被他無意中發現而將計就計也好，他那樣一再叮嚀，要把棉被蓋好啊，當心中了夜寒哪……不是已經過過子夜了？零時二十三分了，氣溫不還是沒變？甚至連點跡象也不曾有，瞧肥仔泡在大汗裏，那麼辛苦，不都是眼睜睜的鬼話！

我們是被人暗算了，被假冒為善的傳教士騙了。而受害者却是這麼聰明才智也算是很有學識的兩個藥學系的大學生，所謂的高級知識分子。

而肥仔偏又一點點同舟共濟的友愛情分也沒有。見死不救的傢伙！肥仔，哪一天欠了你的覺了？偏在你親愛的伙伴生死交關的這個時候睡成死猪一樣。手邊又缺少可以作為工具的甚麼，我看，最後迫于無奈，只有犧牲這隻手錶——無情的匆匆趕路的鬼東西，只有把你脫下來，照準肥仔的鼻子扔過去，也許揍得醒這條死猪。

說實在的，確是難以支持了；腿這樣架空的支在那裏，眼看已經作不了主的慄慄戰索着，一個結局等在那兒，最後戰索到某一種程度，失去知覺的倒下……那將是個急變的局面，你再想跳下床，把牠抖掉，泰半已不可能了；你的腿已經像患了小兒痲痺症那樣，力不從心，毫無一點點的辦法。

除了妄想着肥仔能因一場噩夢驚醒過來，或者內急把他憋醒，否則，你已經陷入不可救的絕境。然而後者的公算不大；那樣子大量出汗，五臟六腑一切可能有的水分，都該蒸發淨盡了。那末，更還有甚麼可希望的呢？希望這條莫名其妙的小蛇，像牠潛進來一樣，又已經神不知鬼不覺的潛走了，此刻早回到無邊的山林裏去雲遊去了，而你這個傻蛋，還在無知的傻等在這裏，吓成這個樣子。他媽的。

那末，要就是一條無毒的小草蛇，結果只是一場虛驚。但是，肥仔，你還是醒醒罷，草蛇雖然無毒，也一樣的要咬人的，一定也是很痛的。而且那麼樣滑滑的，膩膩的，油光光的軟體，貼在你毫無設防的肚子的肌膚上，不管有毒無毒，咬人或不咬人，單憑那種叫人肉顫的體態，就夠人不堪忍受了。他媽的，老盤踞在這裏面有甚麼意思呢？表現你天生就是這麼令人厭惡的東西？裏面這樣悶熱，實在于人有害，于你何益！我是着實的想不透你有甚麼較充分的理由，或者苦衷，非要盤桓在這裏受苦不可……。

天哪，肥仔，你可也捨得醒過來了，肥仔，肥仔，快起來，千萬不要再睡回去，一線生機全都在你了，不然的話，你就會在你的睡夢中，平空喪失了與你同窗三年的好友，那會使你悔恨終生，一輩子良心都不安的……

瞧他那副笨像，還不曾完全清醒，歪歪斜斜的摸索着下床，肥仔，快過來救命，快呀，別那麼迷迷糊糊的成麼？嘴裏還在黏黏的嚼着，叭咭叭咭的，貪睡又貪喫的肥猪，一定又在夢着喫佛果了。謝天謝地，菩薩，你總算醒了——總算復活了。

肥仔，快過來一下，SOS，要命的事，生死關頭，趕緊救我一救——然而還是不敢大一點聲量叫他，氣死人。

等一下，去去一號就來。真他媽的，肥仔，你怎麼還會有水分蒸發不完！

憋一下，肥仔，快來，蛇！我還真不知道該用怎樣最簡要的言語，說明這個讓他立刻可以懂得的情況。

蛇？在哪？這才肥仔像扎了一針似的真正清醒過來，胖胖嘟嘟的腮肉抖了一下。出于反射作用，往後退了退，看看他的脚底下和四周——他媽的，你這個自私鬼！

指了指方位給他看。在這裏，褲子裏頭。我是奄奄一息的說。正盤在肚子上。

怎麼搞的？是不是毒蛇？

廢話，問這些做甚麼！死肥仔。他像害怕驚動了誰的樣子，躡手躡脚的，要挨近來又不敢挨近來。膽小鬼！

先把被子拿走怎樣？

不行，你別冒里冒失的，千萬千萬！急忙搖手制止他。不是耍的，這個冒失鬼，那還得了！不要說一不當心碰到這個鬼東西，就是搧起點兒風，也足夠把牠驚動起來，那我還有命！

看看還有別的甚麼妥善之計沒有。他媽的，僵持這老半天，只顧胡思亂想，怨這恨那，結果一點也不曾想出甚麼辦法解決實際問題，除了ＤＤＴ。

怕不怕ＤＤＴ？真巧，肥仔搔着胖得像女人的乳房說。居然他也想到ＤＤＴ。

哪裏去找呢？老板那兒看看罷。快走，我受不了了……

忍耐一下，我這就去。那個傳教的不就住在對面嗎？

他哪裏來ＤＤＴ！也許太恨那個死傳教士了，我不要向他求救，讓他看我出洋相。

肥仔已搶過去開門。瞧那虎背熊腰的一身蠢肉。門打開，人又退回來，忘掉甚麼了麼？那麼畏縮的抱緊了胳膊。他媽的，怎麼一陣子冷了過來，陰風一樣，令人打了個冷噤。

真的，一陣尖溜溜的寒氣，颼颼的鑽進來，怪事，窗子都是敞着的，為何寒氣一直都沒從窗口進來？好像專等在門外伺候着的。

這麼發愣時，肥仔已經抓起件襯衫，一閃便竄了出去。給人的感覺是那麼溜活。可見肥仔雖肥，倒不是那種蠢肥。

肥仔！——歎賞的喊了他那麼一聲，我自己也弄不清作甚麼要這樣。門外是走廊，走廊朝着一瀉而下的大山谷。正確的說，傳教士那個小禮拜堂，所謂在對面，該是旅館的對面，而非我們房間的對面。但閉在房裏，却直感那是在我們房間對面。不知道甚麼緣故。就如同坐在任何一家電影院裏，銀幕總都在北面。房門這樣大開着，看出去——與其是視覺的，不如說是知覺的——那是深曠無底的黑穴。當然，你也可能想像，在那黑深之處，正有氤氳縹緲的雲海，使你如居仙鄉，雲在你的脚下，雲在你的衣角，雲想衣裳花想容……然而哪有這種雅興，旅館老板，或者那個傳教士，才是你要一心一意去想着的。

等着罷，無論如何，就算還要半個小時的躭延，總是有個盼頭和止境了。不會要那麼久的。即使跑去車站附近的小藥房，連打門，喊人，老板起來穿褲子，找零錢等等，把所有的磨磨蹭蹭都打在內，二十分鐘，了不起了。就算半個小時好了。等着罷，用一種定了心的平靜，極細緻極細緻的去感覺看看。到底牠是在哪個位置。不知道蛇的呼吸是否有一些些微的噏動，能夠使人感覺得出。似乎是腮呼吸類的爬蟲。然而你怎麼能想像出蛇也生有一對腮呢。但不是，似乎左肺退化。怪的是這個鬼東西，居然那麼有耐心，那麼沉得住氣，一動不動，這麼久。或者雖然動了，而使你無從感覺得出絲毫的動靜。

無怪乎傳教士傳播的那個宗教，把蛇作為魔鬼的象徵。牠是的確有些邪氣的。

已經過去了十分鐘。八成買DDT去了。

雄黃——從DDT而一下子扯到雄黃。漢藥。白蛇傳的故事。但那是要內服才有效的，難道把牠請出來喝杯雄黃酒麼？哈，白娘娘，白素貞，現在睡在你一起。你成了許仙。白素貞喝了端午節的雄黃酒，現了原形。然而現在不是現形的問題，要制服牠才行。小青，也許小青比白素貞更純真可愛些，我寧要小青。但願妳是小青。處女。但妳未免太直接了，一下子就躺進被窩裏來。現代派的精靈，近乎西痞。斷橋會。借傘。或者借傘而後斷橋會，記不得是怎樣的一種順序。然而是有程序的。你這傳統的迂濶！總之，缺德的法海，屬于福洛伊德的妬。泰綺思的法非愚斯，也是一樣，洋法海，打着招牌替天行道。似乎所有的宗教都是令人掃興的。

在這麼樣的深山裏，深夜裏，小客店，正是精靈們喬扮絕色女子出現，跟風流旅客性愛的良辰美景之時。問題是電燈，現代文明。還有，問題在肥仔，俗物！那樣子如雷貫耳的鼾聲，不解風流，甚麼精靈敢來一結風月之緣！還有那個傳教士，今之法海，掃興如昔……

然而，聊齋時代違矣。我們這一代的書生，即使明知是夢罷，也連一點點夢色都已褪落。無味的一代！無味來自無夢。只是煩惱依然；進京趕考，聯考，托福考，藥劑師特考，十年寒窗，其考雖一，却是缺少一位小青陪你開夜車。陽春麵或吐司麵包的消夜……

門敞着，寒氣可也抓住了機會似的，叫你清晰的感覺得到，寒氣一波一波的鼓湧進來。不錯，覆着棉被，正是時候。但是光着的上身，就有些悽慘了，起着鷄皮疙瘩。而下半身的大汗還是沒有乾，他媽的，這叫做甚麼洋罪！

難道說，那個鬼傳教士的叮嚀確是真心？氣候這麼陡變，真叫人洩氣，難道錯怪了他？——沒有的事。十五分鐘過去了。DDT要買這麼久麼？現在藥廠批發去了麼？右腿似乎由于疲乏過度，已經漸失知覺。但是，沒關係，稍安勿躁，你本來預算的就是三十分鐘，還早着呢。

多親愛的棉被，從不曾感到這樣醜陋的棉被如此親愛過。可是不敢動，小臂上粒粒可數的鷄皮疙瘩。如果因此而凍斃，那有多荒唐。天底下沒有這種事體的，棉被蓋在身上，而人活活的凍斃，難以取信的新聞。據說凍斃的人最漂亮，面帶笑容，幾乎還留着微紅的面頰。這深山裏的孩子都有一個特色，再窮再髒的孩子，總是一副可人的薔薇頰。凍死的人會那麼好看嗎？會比「最後之化粧」的殯儀館停屍還好看？無稽罷。

總算把一陣急促的脚步聲盼到了，日式建築的地板，老舊了。脚步那麼重，踣的感覺。定是肥仔，不會錯的。靠近門邊的一處地板，吱哽一聲，好響，臨屈于朽斷邊緣了罷。

好冷，好冷……只聽見肥仔一路嚷過來，也不怕把別的旅客吵醒——不過，肥仔和我，好像是僅有的兩個旅客。

好冷，好冷……人闖進來，兩手抱着兩臂，手裏沒有拿着任何東西。

DDT呢？我說不會有的嘛。

混蛋，我不知道我講這話是甚麼意思。

沒有DDT；不是，沒有找DDT。可是捉到隻青蛙。算你有運氣，命不該絕。馬上來了。

走廊那一端，接着有脚步聲。

老天！捉的甚麼鬼青蛙，他媽的！

青蛙比DDT有用。肥仔急忙穿着夾克。

一定是那個該死的傳教士來了，細碎的脚步。走過那塊壞地板，吱哽——又是響澈山谷的那一聲。

混蛋，真的是青蛙。傳教士一手握着電筒，一手提隻碧綠的青蛙。兩條挺得又直又長的後腿，攥在他手裏，搞的甚麼鬼！

在哪裏？甚麼地方？他問的是蛇。肥仔搶着替我指點。死肥仔，根本沒有弄清楚，我糾正了他。再下去一些，靠左邊一點點。

我不信那青蛙能有多大本領，牠能把蛇捕到麼？鬼才相信。而且，那怎麼成，把青蛙放進被子底下讓牠們龍虎鬥啊？不行，我提出抗議，把我的肚皮當戰場？倒楣的還是我。沒有比這個更壞的餿主意。死傳教士，不幹好事。肥仔還那麼擁戴他，他媽的……

走廊上又起了脚步聲。

不行，不行，不能這麼亂來——土法子！蒙古大夫！

又是那塊壞地板，刺耳的響着，被踏得咬牙切齒的叫着痛。一定是個比肥仔噸位還重的巡洋艦。

別着急，別着急。傳教士笑着。

又進來兩個人，旅館裏的甚麼人罷，胖女人，活活的是一艘航空母艦。幹嗎？看熱鬧來啦！

不要着急。肥仔也跟着做應聲蟲。去你的！傳教士走向床那一端。我抗議着，但像個弱小民族，拿不出抗拒行動，呼聲又是這麼樣的微弱。

這個莫名其妙的傳教士，恐怕從來不曾這樣的衣冠不整過。天，睡褲，居然穿睡褲跑出來。上帝饒恕他。睡褲半邊盡是紅泥，狼狽透了。活該，他媽的，捉甚麼鬼的青蛙！把青蛙放進來血鬪，還不仍然是他陰謀的續集！

ＤＤＴ沒用的。傳教士說，已經半蹲下去。不行；我只能徒然的抗議，完全聽任宰割的一種屈辱感，叫我火大這個壞傢伙。

請你，不要放進來……不得不示弱了；抗議不成，請求總可以罷。我輕輕的勾着頭來，雙手抱着後腦，這樣可以減低過分的帶動了腹肌，免得惹牠不安分起來。

你放心，傳教士說，不用放進去；不是那樣。

只見他捧着那隻青蛙的兩隻後腿，把牠上半身安排在床邊上。知道罷，蛇的嗅覺最靈敏。傳教士說。你不要動——天啦，我要敢動，也不等到現在了——很快就會把牠逗出來，萬無一失。

那是怎麼說？是讓蛇喫青蛙，並不是讓青蛙喫蛇？這豈不更加荒唐，那麼一條又細又小，連重量都使你感覺不出的小蛇，叫牠來喫青蛙？

除非這個神氣鼓鼓的傳教士，自作聰明的以為是條大蟒盤在被子裏。

知道罷，高級的捕蛇法。傳教士嘀嘀咕咕的，不知向着誰說的。別怕，不信，你等着瞧，一會兒牠就會流着口水爬出來。蛇是最喜歡喫青蛙的。一隻青蛙下肚，能叫牠回到窟裏，安安頓頓睡上半個月，不用開火倉……

可是很小，你知道嗎？我提醒他，不會比一根筷子粗，也不會比一根筷子長多少，那怎麼能——

哎呀，先生，航空母艦搶着插嘴進來。人心不足蛇吞象，有這句老話的。

可能是旅館的老板娘罷。要妳多嘴多舌的！何止大象，連妳這艘航空母艦也吞得下。

瞧那隻可憐的青蛙，兩隻前脚扶在床邊上，沒有表情的眨着一對暴眼，仰觀天象的看着天花板，像要準備發表演說的一副神態，在等着人家替他調整麥克風的高矮。那張就牠的身體比例來說，實在夠大的嘴巴，雖然緊緊閉着，却讓你感到不開口則已，一開口便必然滔滔雄辯，口若懸河。

瞧牠好有自信的樣子。

而肥仔呢？這個神經過敏的傢伙，不知哪裏尋到的一根手臂長的木棒，斜舉在肩上，緊張的戒備着，決心要來個全壘打似的。笨蛋，得了罷，肥仔，你別打不到蛇，反把人家傳教士的光腦袋敲開了花。別開玩笑。當心你自己着了涼，那麼樣的光着一雙肥肥的象腿。

這樣的等着……

請把門關上好嗎，很冷。我向那個一直躲在航空母艦背後的小拖船說。那是個似乎很害羞的大孩子，有點阿美族人的味道。不聲不響的，真就是一條小拖船，沒有馬達和汽笛。

青蛙仍是那一副沒有表情的表情。麥克風還沒有修理好麼？他媽的。

好像傳染病一樣；傳教士看看自己手錶，肥仔也彎起手臂來看看。一點半鐘，航空母艦看了看她那隻金色的坤錶。真不般配，那麼纖細的手錶，戴在羅馬式建築的圓柱上。而且根本就是做樣子，不準，差得太遠，我的錶已經欠五分到兩點。媽的。她跟肥仔可以配一對兒——不管是孩子，還是夫妻，姐弟甚麼的。

等着，漸漸的有些令人焦灼起來。

對了，傳教先生，我說，你要當心才行，別讓牠咬到你。

不妨，牠是一定要直奔牠來的。他用尖尖的下巴指了指面前的青蛙。我這把老皮肉，牠是不會發生興趣的。

老實說，這個傳教士，可能人並不壞，就是那個尖尖的下巴生壞了，使得他看起來總有幾分狡猾。

要是這條蛇患了熱傷風，怎麼辦？肥仔還在舉着他的木棒，沒有放鬆戒備。他說：

那樣的話，鼻子瞎了，嗅覺不靈了，那我們不是守株待兔，要等到天亮？

這個笨蛋，天亮是甚麼意思，天亮了牠就會自動的走出來？沒有道理。又不是鬼，怕天亮。

也許……傳教士換一隻腿，繼續那樣的半蹲着。不知道他也許甚麼。也許真的患了熱傷風嗎？

恐怕不在裏頭了，早就溜掉。航空母艦說。

多嘴婆，妳不開口，人家不會派妳是啞巴的。他媽的。

可能罷……傳教士斜了她一眼。可能已經走了。要不然，不會這許久都不動心。貪嘴的傢伙，這麼美味的大菜送到臉前來，請你的客，還裝甚麼客氣！

不大可能。我說。一點也沒有感覺到牠動過。

傳教士試着把青蛙往這邊推一推，讓牠向棉被的邊緣接近一些。

暫時，我放棄了這樣的觀察，腦袋勾得很累。肥仔，我這條腿已經瘦得失去知覺了。我說。

再忍一會兒。肥仔側過臉來，一臉難堪的同情。

差不多了，快了。傳教士抽抽鼻子，有點感冒的味道。

望着天花板——

那上面有經年湮水積聚的跡印，不規則的那一遍，澳洲地圖的形狀。板栗。附近還有兩片小的，該是紐西蘭。

秒針還在匆匆的走着。現在我也不要怪它了。兩點零九分。

那個小拖船，忙着把眼睛避開。原來他是一直在盯着我看。一對阿美族式的眼睛，有些深陷，總是那麼不安的閃閃躲躲。

這樣好不好，乾脆——肥仔大約胳臂擧得太久，擧累了，他放下木棒說，慢慢把棉被揭走，看看到底還在不在。

他媽的，你要是把牠驚動了怎麼辦？不是在你肚皮上，是不是？風凉話，你真會說。

再等一下子。傳教士搖搖手，制止肥仔的主意。他倒真有耐心。

可是反過來想想，乾等了這麼久，毫無動靜，確實也不是個辦法。也許，真的熱傷風了——混蛋，蛇也會傷風——聞不見青蛙的味道；也或許，真的不在裏面了，像這樣興師動眾的，早就使牠看看勢頭不對，不聲不響的溜掉了。如果情形屬于後者，好，那我們都是傻蛋，愣等着一個空。他媽的。無知的在這裏等待果陀——不，等待撒旦。天地悠悠，漫無止境，等罷，你們這一夥傻蛋。

怎麼樣，可以了罷？肥仔等得耐不住，又在催促着。有甚麼好堅持的呢？——這個死心眼的傳教士！

就依着你罷。我是灰心的看了肥仔一眼。由着你罷。可是你可千萬不要莽撞，輕輕的——我做着手勢，頂好你們四位，一人提着一個被角，這樣輕輕的提開，好不好？

我是自覺肉落砧板，聽人宰割的那種滋味。媽的。我怎麼會碰上這種有損自尊心的倒楣事情！

肥仔丟下木棒，三振出局的樣子。去他的，三振出局還值得那麼興頭？瞧他那樣，好像被子底下有甚麼精彩的玩意等他去瞧的那麼亢奮。你這條肥猪！

傳教士沒有再堅持異議，但也似乎不很樂意。悻悻然的站立了起來。在他，恐怕總不免有前功盡棄之感罷？這是我的猜想。

真的，像他這樣，半夜三更的睡得正甜着，被叫醒了，衣裳都來不及穿整齊，溫度陡降，去捉青蛙，跌了一身的紅泥，又吹了一大通甚麼高級的捕蛇法等等；而此刻，喫苦受累的，一事無成，面子上有些過不去。的確，可憐的傳教士，很索然的樣子，讓我瞧着都感到抱歉，把眼睛避開。

不過，也犯不着神經質的忙着感到索然。因為把棉被揭走，也並不等于那隻辛苦捉來的青蛙就此派不上了用場；不是嗎？真想這樣子安慰安慰他。

棉被，那麼厚得像健身房裏墊上運動的墊子，終于緩緩的揭離我的身體，緩緩得給人一種莊嚴感，彷彿那是一種甚麼儀式。那個行動，完全是尊重我的意思；四個人，傳教士、肥仔、航空母艦，還有那個害羞的小拖船，分站四個床角，各各捏着棉被的四個角，那麼緩緩的提起，十分的莊重。這像舉行國葬，為一個殉國的英雄覆上國旗。痛失良材。缺少哀樂配合。不過這動作和國葬儀式，順序上是適切相反的而已。一種用方向背道而馳的雙箭頭表示的可逆方程式。正反應和順反應。

而這樣，又彷彿自己給自己揭爛瘡上的膏藥。讓外科大夫來處理，簡單的很，鑷子鉗着紗布一個角，辣手摧花的只一撕，哪管你腐肉鮮肉一起撕下來。沒有做晚娘的狠心，做不了外科大夫的。但讓自己動手的話，便不知有多緊張和愛惜，小心翼翼的難以下手。

好了，終算去掉了最大的障碍，這個鬼棉被！聽得見他們四個人同聲歎了口氣。似乎航空母艦的歎氣特別重。如同重機械的車輛，必得安裝一種大口徑的電喇叭才行。而為了不敢讓肚皮發生顯着的起伏，我是近乎奄奄一息的輕輕歎了那麼一口小氣。

無論如何，這四個人，這麼樣的懂得尊重人，關心人，總是令人感激的。

看到了沒有？我勾起頭來問，手指臨空的給他們指出位置。差不多就是這一帶。他媽的，不相信這個狡獪的鬼東西，還能躲到哪兒去。

先別動！肥仔又喝阻着。其實我哪裏敢動。

傳教士把壓在木棒底下一直在掙扎着的青蛙，重又握住兩條後腿走過來。四下裏斟酌的尋視着，不知要採取甚麼樣的下一個行動。

很糟糕，要打噴嚏的衝動，癢簌簌的醞釀在鼻梢裏。不成，不得了的新危機，這個死氣溫！他媽的，怎麼辦……

快快，按住這裏——傳教士真鬼精靈發現了我要打噴嚏的徵兆，急忙用指頭捺在鼻孔下面，示範給我。快把人中按住！他叫着。我接受了，捺緊鼻口之間的一道小溝渠。原來這個地方叫人中，為甚麼？

但是好靈驗，噴嚏就這麼樣的被捺死了。一場虛驚。真的，很要緊的關鍵所在。一個噴嚏，多微不足道！然而，肚子上盤着一條龜殼花，你知道嗎，一個噴嚏，足以一言喪邦。又是一場有驚無險。這個機靈鬼的傳教士，硬是一肚子的邪氣；人中，捕蛇法，免打噴嚏法——或者叫做預防噴嚏法，噴嚏預防法。令人感激涕零。但是法海和尚，無論如何，仍然是令人掃興的……

傳教士重又半蹲到他的老地方。還以為他又有甚麼新猷呢，原來是那一套所謂的高級捕蛇法，現在棉被去掉了，為何隔着薄薄一層內褲，還看不出一點動靜呢？令人放不下心。這樣的勾起頭來，一直遙望到脚的那一端，一路起伏過去的丘陵地帶，好像戰壕裏的兵士守望着敵情，遠遠近近的地形地物都在一個平面上重疊起來，屬于望遠鏡裏的景緻。不如說，在我，或者更易于窺察出內褲裏可能有的一切動靜。實際上，褲腰一帶——亦即肚臍一帶，距離觀測點不及兩尺，沒有甚麼可以瞞得過去的。

他媽的，這才發覺到——毋寧是跟傳教士的眼睛對上了；原來，這個一肚子邪氣的老傢伙，正從他那邊窺望過來。我敢打賭，他是向我的內褲筒裏在窺望，並且調整着角度——知道嗎，有些像新疆舞，就是阿拉伯或中東一帶的那種土風舞共有的特色，腦袋左右的磨動，彷彿另外安上去的腦袋；傳教士便是那樣的左右磨動着腦袋，在觀察我的內褲的內情。他媽的，不管怎麼說，這是很糟糕的事，私處都被他盡收眼底，一覽無餘，事態確是愈來愈他媽的了……。

當然，這個時刻，顧不得計較那些；為了趕快把這條搗蛋的小蛇找出來，只有一切的一切在所不計了。

可是計不計較是一回事，這樣的架勢之不雅觀，則是事實；純然是仰臥在婦科手術枱上的味道。不管你是墮胎，抑或臨盆，于男性而言，總是很失態的一種塌臺。無聊透了！而且是無來由的，害得你萬般無奈。

還算好，航空母艦還算知趣，向這邊站過來了一些。非禮勿視。不管怎樣，再醜再老的女人，任你怎麼樣也產生不了性別感的女人，仍然會不好意思——我是說，雙方都會有些尷尬的，像這樣的局面。

傳教士把肥仔也輕聲輕氣的招呼了過去，指點着給他看，像教導一個後進的實習大夫。而從神色上看，不像是已經發現了甚麼，只是把肥仔招呼過去，幫忙觀察觀察。

整個屋子是靜寂的，門關上之後，氣溫比較穩定。雖然棉被拿走，這樣的半裸，很有些寒意。

唯一的聲息是航空母艦濁重的呼吸，使人同情的感到她站在那裏，肩上一直扛着兩百斤的米袋。好辛苦。等事情過去，我要問肥仔，一個胖子會不會時時感到自己的體重所加給自己的負擔。至少，部份的重量會不會清晰的感覺得到；譬如拖着二十臺斤的屁股，老是要向後面頓挫，倒車比前進省力一些。

經過這對戰友肩併肩的好一陣縝密的觀察和研判，聯合聲明，蛇是絕對的已經溜走了。保證不在了。

肥仔加強語氣的說。

該放心下來了——

然而不；有我這樣下賤的人麼？我感到有點失望。真的，第一個反應，失望。這麼樣的興師動眾，該有條大蟒在裏面才對的。真有些說不過去，他媽的！

真的嗎？肥仔，你保證？這樣的再叮他一聲，也許可以使他和傳教士的信心動搖動搖。要不然，驚恐萬狀了這半天，折騰了這半天，難道就這樣風大雨小的煙消雲散了不成！就讓牠溜掉了麼？媽的，害我這麼苦，真叫人不甘心。

百分之九十，保證。肥仔拍着胸脯。

不可能還在裏頭。傳教士也附和着說。

混蛋，要是正好百分之十怎麼辦。……

那是最保守的一點保留。沒想到該死的肥仔，也學着這麼滑頭起來。

但是我這總不能賴着誰呀！

架空支撐着的這條右腿，已像超過了疲勞限度的彈簧，成為一條無感的木腿。那末，你總不能堅持非要人家百分之百的保證才行，試試看，翻一翻身罷，冒百分之十的險——化簡成十分之一，可以使危險性少一些——真難過，整個這半邊身子都麻木了。怎麼會這樣呢？人原來是這樣的脆弱。百分之十，自然和十分之一恒等，不要這樣的愚民政策罷。呻吟着，一面想到自己如此之可笑。總算費力的把身子側轉了過來——但是，他媽的，在這裏！我叫了起來，也顧不得肚皮發生多大的起伏了。

在這裏！在這裏！我指着肚臍的這一邊。一下子便渾身冒出了冷汗。這個鬼東西，居然還躲在裏面，和先前的感覺一個樣子，輕得一絲兒重量感也沒有，涼涼的那麼滑溜過來。該死的肥仔，他媽的還有傳教士，去你的百分之十罷！

兩個人重又回到原位置上蹲下去觀看。死肥仔，還賊眼稜稜的瞅了丟在那一旁的他的木棒一眼。

過小半晌，傳教士站起來，歎口氣笑笑，手裏還緊握着那隻青蛙，恐怕已被他握熟了——可能……他說，可能是褲帶頭……

開玩笑——但是，他媽的，有可能呢，褲腰是串進細帶子的，不是鬆緊帶的那一種。在繫了雙活扣之後，仍然還垂下嫌長了的褲帶頭，給人一種不潔的感覺——至少我是那樣的感覺；所以總是把它塞進褲子裏面去。然而是它作的怪麼？

一定是。傳教士很肯定的說。肥仔也跟着保證起來；不信的話，你再向這邊翻翻身，準又會滑到這邊來……。

會麼？我是半信半疑的試着，輕輕的側轉一下。仍然多少含一些拼着給咬一口的冒險。然而可不就是麼，他媽的，該死的褲帶頭，那麼滑溜溜的從肚臍上蠕到另一邊——至于涼涼的感覺，該是出于疑心罷……

他媽的，有這等事！真叫人難以為情……

你這個神經！肥仔用手裏的木棒，指着我罵。

一九七一年七月二十日

巷語

我寧可討妓女做妻子，不要討了妻子去當妓女。

——舒暢

……

這麼一點點，有眼淚多麼？你非下去不可。

你聽我說——

我不聽你說，媽的，我要看你乾。

這還會賴嗎？真是，像你我這對寶貝——咱們不說難聽的；酒鬼不好受用，酒罈子總成罷，啊？——你我這對酒罈子，共過茅臺，共過竹葉青，共過洋河大麯、老酒、福酒，全國名酒，哪個沒——

少廢話，乾了這個再說。吹牛皮不用蘆管兒的。

你這人，真是。乾就乾……好了罷，啊？

這不就截了！

我這人，酒量沒有，酒膽可有的是。

媽的，再來一瓶。

得啦，咱們回頭還有正經事兒要辦。

誤不了事的。我這人，媽的，你是知道的，凡事，要就不，要就痛痛快快盡個興。

酒逢知己千杯少，話不投機半句多。——小妹，再給我們開一瓶。

你要把我扳倒是罷？

瞎說！媽的，你知道罷，酒有三境界，你懂罷？你我是喝漱口水的境界，還是洗臉水的境界？

幹嗎啦，真是！那你我敢情是洗澡水的境界了！

小子，真聰明，一點就悟。小妹斟滿好罷？

你這是獨創，還是哪兒拾來的？

你說的甚麼？

三境界呀！

媽的，當然是獨創——瞧不起人。喝了十幾二十年的酒，還尋（ㄒㄩㄝˊ）摸不出這點兒道行！

得啦，不是拾來，也是套來的。

乾這一杯！

半杯。我說你是套一個人——

先乾為敬——我是乾了，你看着辦罷，媽的！

真是，乾乾乾。你別打岔，你這三境界分明是從一個人那裏套來的。

你說從誰那裏？
我問你個人，你還記不記得？
誰？
崔衡。
哪個崔衡？
就只一個崔衡，還有幾個崔衡！
倒很耳熟；一時怎麼記不起來了。媽的，我這個腦子壞了。
你裝熊。
這要裝牠幹嗎？裝，是這個……
王八？
翻過來——佛手。
別糟蹋佛爺了。我問你，當年，咱們剛一入伍，那位排長，你不記得了？
排長？崔排長？——崔區隊長罷？
你這個豆腐腦子！後來改編教導總隊，才叫區腦子！（後來改編教導總隊，才叫區隊長）一入伍時，哪裏甚麼——
對對對，那是後來的事。媽的，你看我這腦子，真叫完蛋了。

你還記得咱們那位老排長的嫖經三境界？

讓我想想……

你別響了，敲得你爛碎，也響不出了。

講講看——媽的，好事兒你不記得。

那不是好事兒？三境界：門診、住院、太平間。想起來了罷，你這個——

對對，那是一絕。來，為這一絕，乾！

乾罷。

別說，崔排長，是個人物。另外那兩位，王排長，不行，老粗一個。還有另外那位——那位姓……姓甚麼……

莫嘛！

對，莫芝松，老廣，黑莫黑哦……我們都那麼喊他，真妙！他倆可都不及崔衡——學科，術科，都不及。

要不，怎麼是大排長！

對了，他現在也不知道哪兒去了——後來好像調裝甲兵了，我還記得。

退啦，當老師。後來——退下來，進了師大。師大出來，分發到……虎尾，大概是斗六，我也弄不清，總是那一帶罷。

你倒對他很清楚。媽的。

聽來的，都是。

不曉得結婚了沒有，你沒聽說？

好像是嘅。對了，是不是——我們那時候，好像聽說他供給一個妞兒讀書，記不大清楚是不是他。

是有那麼回事。對，似乎聽黑莫黑哦……講過，八成是跟那個妞兒結婚了。

可以算出來的，那時候——好像……讀中學是不是？

不記得了。算它幹嗎？媽的，喝酒。怎麼這半天沒進展？不行，酒少話多，你得多喝兩杯。

你沒喝到。

瞎說，都讓我喝了。起碼，我喝了三分之二——

哪裏，正相反好不好。還有，對了，那——嫂子該認得崔衡的；我們嫂子讀的甚麼系？不大可能，差好多期，一定的。

……

……

你到底怎麼決定嘛，我馬上好了。

我也馬上好了。妳等我算算時間。
一個鬍子刮這半天，給我把拉鍊拉上。
等下。
幾分啦？怕要趕不上了罷？
來得及。媽的，老沙這小子，挑的真是時候。
有四十分了罷？
急甚麼？跟你說來得及就來得及，轉過來一點。
事還多呢。毛毛尿布還沒換。
我換。別忘了把照片帶給正倫。這個拉鍊怎麼搞的？缺了個齒。
一定又是在石頭上搥了。這個死奧巴桑，跟她說有無數次了。
省肥皂罷，那樣，媽的，老腦筋。
省甚麼，三天一塊肥皂。你那些龍的，我都不敢給她拿去洗。怎麼搞的，這半天？
省還是省了，沒省給妳罷了。
是不是咬住啦？
這些洋裁，媽的，該槍斃，多砸一道線不就得了！我去拿老虎鉗來。
快把電風扇開開，熱死我了。

妳頭髮不是剛梳好？
不管了。糟糕，你看這汗……
妳就是沉不住氣。怎麼不轉？停電了？可惡？
電鐘不是還在走嗎？
我看看。媽的，插頭，妳甚麼時候拔掉的？
你快去拿老虎鉗罷，嚕囌！
妳先把照片找出來嘛，放在手提包裏，等會兒又忘了。
你決定了沒嘛！
我去接妳就是了。
那你不是繞路了？看看煤氣關了沒。
我七點鐘之前趕到，行罷？——至遲七點二十。
太晚就算了。煤氣關了？
妳自己關的都不知道：媽的，還有些甚麼人嘛！
誰？你說會餐？
這麼熱的天，真是。還不都是妳那些鬼同學嗎？唧唧喳喳的，無稽之談。好了，妳
下次別忘了交待做洋裁的——

也有男校友好不好。

無聊。都已經男婚女嫁了——

噢，結了婚就又該怎樣？

不是怎樣；都有家有室了，禮拜天，老老實實蹲在家裏多安逸！這樣的天，出去活受罪——

餐館裏還不是有冷氣！

路上呢？冷氣又沒有通到家門口。巴士裏還裝的有暖氣呢。妳把照片找出來了沒有？

那你還不是，禮拜天，不老老實實蹲在家裏！

不是一回事兒。

又不是一回事兒了！你看要不要帶傘？

回來不是都天黑了嗎？

這天好像有些靠不住，你看會不會有雨？

妳那把摺傘不是不能打了嗎？

修好啦，老爺！等你帶去修要等到白了頭髮。

白首偕老嘛。

現在這些東西真不經用，鼻涕粘的一樣。

老觀念！照片擺在手提包裹了，記着，遇着正倫，叮他一聲。妳看我這兒長甚麼，是不是小瘡？

我看……還不是粉刺！痛不痛？

不管它了。媽的，青春不再了，怎還老是長不完的粉刺！

你剛才說的甚麼老觀念？

我說了？對了；那不簡單，一年一個流行，再經用，也經不住過了時。尿布呢？

在那一堆裏嘛。——我才不要趕那個時髦呢。你笑甚麼！

想起簡良成。媽的，這小子！

那個酒鬼！簡良成怎麼了，那麼好笑？

小鬼，睡得好熟——不是嗎，昨天兩個人不是都有點醉意嗎？難得也還沒忘了他太太交待的——

得了罷，還有點醉意！那個人回到家裏還沒清醒多少呢。簡良成又鬧甚麼笑話啦？你現在別弄醒他。

陪他到超級市場去嘛，買塑膠尿布嘛。

結果買錯了？

甚麼買錯了!他跟人家店員說,要買牛布。牛布,你們連牛布都沒有,媽的,弄得人家店員一愣一愣的——

要命!你說你們喝酒會不會誤事?

那也沒有甚麼,至多沒有牛布賣給你而已。這小傢伙!真能睡。你瞧,頭朝下還不醒。

你先別弄醒他嘛,崔太太馬上就來。

媽的,真貪睡這小子。對了,我問妳,有個人妳知不知道?大概比妳高好幾班,也許妳聽都沒聽說過。

誰嘛,別繫得太緊了,影響消化。

這樣行了罷?

稍微緊一點;太鬆了也容易踢蹬掉。你說比我高好幾班?

崔衡,跟崔太太一個姓,衡是——

豈止是認識!

怎麼,你們還有過一段?

狗屁!很熟就是了。也沒有高好幾班,同過一年的學。

那是說——他四年級時,妳一年級?

那——你們也有過一段？

入伍時的排長。人不錯罷？

很老練。當然，退役軍人嘛，年齡大一些，又很能幹，主任教官又跟他是老戰友；學生會會長，好喫得開。

你們主任教官是誰？

姓施，單字兒，施斌。

不認識，你看這領子，怎麼洗的！這個奧巴桑——

別冤枉人，是我這個奧巴桑洗的。

那又當別論了。喔，你們那位會長，跟誰結的婚，妳知不知道？

自然跟女人結的婚。怎麼掉這麼些頭髮！

跟妳說正經的，妳見過他太太？

去過他家兩三次了，好像是——糟糕，不要白首偕老，要光頭偕老了；這樣掉下去的話。

也受過高等教育罷？——好像是崔衡一手供給她讀出書來的，從大陸帶來的一個孤女，聽說是。

恐怕不是罷；人是生得不錯，可是……好像沒受過甚麼教育。

那不對。妳想，崔衡那會兒不過是個少尉排長，收入有限。就說後來很快的升了中尉，也多不到哪兒去，薪餉。費那麼大的力氣供養一個女孩讀書，聽說後來一直供到大學。不用說的——

絕對不是。人雖生得還算端正，談吐甚麼的，絕對不是受過——別說大學，是否受過中學教育都靠不住，真的，印象很深，錯不了。

那倒奇怪了。媽的，崔衡他——

當時我們就覺得奇怪；怎麼討那麼一個太太。我們上他家去喫過一次飯，他太太都沒上桌，你想想看。

人家羞與你們為伍好不好！

才不是那回事。記住，臨走時，窗子關上，天靠不住的，好像。

妳不是說崔太太來嗎？

人家來抱小傢伙去，又不是待在這兒。

上次不是嗎？

這次人家家裏也沒人嘛。給我後邊拉一拉。

妳說，那時候崔衡家也在臺北？

永和，現在也在永和呀！

不是說在——虎尾、雲林縣，好像在那邊中學——

哪裏甚麼虎尾虎頭的，他就在永和沒有動過好不好！恐怕今天他也會來呢。對了，你要能早點接我，也許碰得到，說不定。

那我盡量趕好了，乾脆妳就約他一下嘛。媽的，一定他還會記得我的。鑰匙呢，妳那一把帶了？

還在前面門上。

等會兒別忘了，萬一妳比我早回家。

擺在崔太太家嘛。你的呢？

帶了。嗳，妳不知，崔衡這個人，甚麼都好，說他近乎完美也不算過分，就只一點——當然啦，那也不算甚麼缺點——媽的，他可是個中能手。

甚麼個中！

那還有甚麼別的個中？他那套嫖經，哼，令人佩服。

討厭！——那你跟他學了幾手？

學了幾手，妳不是最清楚？

死相！電風扇可以關了。

看看還有甚麼忘記的沒有。妳月票呢？

這兒。窗子，忘了罷？留一點縫好了，透透氣。

……

……

其實，我也想弄一條來養養——可是公寓房子……。

妳那是三樓嗎？

對不起，更上層樓。

你們倆誰喜歡狗？

都差不多。他以前住嘉義的時候，養過一條，其實不怎麼好——

土種還是洋種？

我也沒見過；當然是土種。他那時還是單身呢。

土種狗比較潑，好養。

後來他到北部來——職務調過來的。那條狗也帶過來了——

妳才跟他認識的？

那還早。我們認識還是以後的事。妳猜他是怎麼把那條狗帶到臺北來的？

當然託運。鐵路規定，要打票的。

就是說嘛。

鐵路局有特別託運的籠子。

他嫌鐵路局的籠子髒，怕委屈了那條狗。

洗洗刷刷嘛。

後來現找木匠釘了個新籠子。

真是的，哪有那樣疼狗的！

那還不算；託運要放在行李車裏的。他買了票，妳猜怎樣，不放心那條狗一個人塞在行李車裏——

笑死了，還一個人呢。

是嘛；又怕牠想：哎呀不要我了，把我一個丟了。那多叫牠傷心哪，不行的。他就陪着牠在行李車裏，從嘉義到臺北，一路說着話，還帶了麵包、牛肉乾、酵母糖……好在他在嘉義，跟火車站上都很熟——

笑死人。他也沒給牠泡杯香片？

可是叫了味全鮮奶呀。

哪有那樣疼法的！那他還得給牠要根麥管才行啊。

所以後來，人家用那棟房子抵賬，我們真不想要，別的不說——

就是你們現在住的這房子？

是啊。我們不想要的，一想到不能養狗，就是送我們皇宮，也沒有胃口。可是要不然，那筆賬就泡湯了，有總比沒有好，妳說不是嗎？

那你們再弄一棟一樓一底的房子嘛，單家獨院——

現在哪還有那個能力。其實，人哪，就是墮性，先前要是沒有現在這棟房子，手底下扣緊一點，也就甚麼了。

是說嘛。

真難說，就說我們家那個人，從前，一個月香菸錢總在四五百元以上；後來戒了菸，到現在一年多了，也沒見錢省到哪兒去了。手頭上還是那麼拮拮据据的。

所以他有話說啦。妳不知道，他把香菸戒掉也不知立下多大的功勞。其實戒菸又不完全是為了節省錢，妳說是不是？肺癌甚麼的，真可怕。

那你們家跟他還算是走得很近嘛。

妳說誰啊？

崔衡嘛。送你們那條狗多大了？

也不算走得近。我們家那個人，跟他是小學同學，妳知道嗎？又一度同過事——在糧食局。

我還以為妳先生也當過軍人呢。

崔衡是做過軍人，好像做過不少年呦。
我們家那個人還做過他部下呢——當兵的時候。
他手壞了嘛。
我知道；好像是在金門砲戰受的傷。
他受的傷，多着哪；包括愛情的創傷——
別那麼損好不好？多文藝腔呀！
真的嘛。你不信——
是不是說，供到大學的那個，後來——
你們也知道？
我們那一個說的。怎麼那個女孩那麼無情無義！
妳可知道崔衡為她花了多少心血！
也就有那種冷血動物。那是哪來的個女孩？聽說從小學就供起，到大學——
初中啦。
只供到初中呀！
不，從初中供濟她讀書的。
那也花不少的心血嘛。

有甚麼辦法呢，聽說是他姑媽託付的。

那他們算是姑表兄妹了。其實近親結婚並不好，按照優生學——

哪裏是他姑媽的女兒！那樣倒也無所謂了。轉了好幾個彎子呢；是他姑父哥哥的一個女兒，過繼給他姑父姑媽的。讓他帶出來，恐怕也有意思給他的罷——這是我們猜想的話。也許——

問題到底在哪兒呢？看不中崔衡還是怎麼？

誰知道！

其實依我們看，崔衡這人，不錯的；學養，才能，無可挑剔。就是外型，籃球手的材料，那樣帥的，儀表。妳見過那個女孩？

聽我們那個講，夠得上漂亮。好像說，生得很單薄，大概是嬌小玲瓏那一型的罷。

是不是讀大學的時候，情感轉移了？那她現在呢？

妳沒聽說，好叫人噁心，剛畢業——

其實那一型的女孩，多半冷感呢；像洪淑惠，還有章新光啦——

亂講！妳就愛這樣，從少數幾個特例，就——

真的嘛。當然，妳雖然很瘦，但妳並不是瘦弱呀。

更沒根據。瘦弱那一型的，特別強好不好！

妳有根據？

別笑，說真的，絕對有學理根據。

妳剛才說，甚麼好叫人噁心？

噢，那可是崔衡親口告訴我們那一個的——

那他們真夠知己的。

用不着；其實，他們男人用不着知己到甚麼程度，才會談那些事。你聽我說呀——女孩不是畢業了嗎？當然，崔衡——

也不見得男人才是那樣，恐怕女人更會動不動就閒扯起這些來——我是說，像崔衡那種人，不是輕易就表示脆弱的——不是，我的意思是說，他不是輕易就跟人討同情的那種人，妳說對不對？

妳也犯了一種毛病，從外表看人。

可是妳沒有辦法想像像崔衡那樣的強人，也有哭哭啼啼的時候。對了，妳說剛畢業怎樣？

崔衡向她求婚嘛。妳猜怎樣？

那——還不是只有兩個可能！

單巧，第三個可能。

第三個？——不置可否？
照妳這樣排次序，好嘛，那就算第四個可能了。
別在這兒排隊了。到底是怎麼情形？
她是這麼回答崔衡的：好嘛，現在就去，你找好了旅館，你要多少夜都行——你是要代價的嘛！
要死，那崔衡不氣死啦！
崔衡修養好嘛。
妳說好叫人噁心的，就是指的這個？
是嘛。
有那樣的女孩！要我是崔衡的話，我就那樣；不是嗎？妳既然這樣說了，我還客氣！
那還有甚麼意思！妳想，一個好女孩，會說出那種話來？
可是，在崔衡來講，那還要甚麼修養！事已至此了，不能說十幾年的心血——
所以還是崔衡厲害……
怎麼樣？
崔衡也不動氣，瘟瘟的回了她，要是要代價的話，我在妳身上花費的，可以包一個最走紅的電影明星了，恐怕妳還值不了那麼多。

嗯，過癮。女的怎麼說？

那還有甚麼可說的！不過，那樣的女孩，大概也不在乎罷，妳別大驚小怪，這種女孩，現在多的是。

那她後來呢？

妳是說崔衡，還是——

當然是那個女孩。

好像是亂七八糟；跟這個同居兩天，跟那個姘頭兩天，簡直不像話了，也不知道下落怎樣，後來聽說又姘上了一個老華僑，似乎出國了。

真是！那不丟人丟到外國去了？

也不盡然，外國又不在乎這些的——

噓，來了，別讓人——

沒關係，崔衡向來都不在乎這些瘡疤的。

……

……

再見，大嫂，真謝了。

不謝。

不送了，也替我們謝謝崔大哥，好走啊。

回去罷，不要送，妹妹（ㄇㄟˇㄇㄟ）還在家裏。

不要緊。再見噢

再見。

……

請問，是妳這裏叫的蛋糕罷？

冰淇淋蛋糕吔？

美香齋的。

對了，進來罷。

剛才那位——對不起，我真多嘴！

幹嗎？車子放這兒沒關係。你說甚麼？剛才那位——怎麼樣？

沒說沒說。妳這條狗咬不咬人？

那麼小，咬甚麼人！你說剛才那位甚麼嘛！

隨便問問，沒甚麼。是位太太嗎？

那有甚麼好問的，當然是位太太。

噢，現在是太太了！

你認識嗎？

我認識她，她不認識我了。——當然，她哪會記得那麼多……

你甚麼時候認識的？

放哪兒？

就先放在冰箱上好了。

放在冰箱裏面罷，不馬上喫嘛，是不是？

也好。你是甚麼時候認識的？

不說了。很早很早，還是當兵的時候。

八十是罷？

對，八十塊錢。謝謝。

那是在哪裏認識的——你們？

對不起。謝謝。請原諒多嘴。

不要喝杯水嗎？

謝謝了。

辛苦你啦，那麼遠送來。

沒有沒有。再見噢！
再見……

一九七一年

方生未死

「其實他這個人，樂天派得很，沒想到的事……」

「那——誰也沒打保單。樂天派就篤定長命百歲啊？」丁華說。打着哈哈。

不管怎麼說，那總是很難令人信服的。甚麼也沒有像死亡那樣的肯定，然而甚麼也沒有像死亡那樣的令人難以信服。甚麼音容宛在！本來就是存在的。像死亡這樣的東西，無論如何，怎麼能使音容不在呢？陳谷音，哼，死于胃癌。樂天派。這和我離開總局放到外地來，跟總局那邊的許多走得近和走得遠的同事曾有來往或者見面，甚至在未可知的將來，永遠不再有機會來往或者見面，不是完全一樣嗎，生離和死別又有甚麼不同呢。不是打不打保單，誰不知道哪裏事事都要按道理來。混蛋講不通的事多得是。自然，也並非有道理就可以信服的。這都用不着瞎費思索去理解。用肚子去參悟好了。樂天派而死于胃癌，以及樂天派而人緣不佳，陳谷音就是這樣的人。我都不知該怎麼說。總是鬆了扣筍的板凳給人的感覺，叫你心裏不服貼；不必是信不信服。

對于辭世不久的故人，打哈哈。丁華這傢伙總沒有正經過。可是哀悼嗎，打哈哈也沒有甚麼不可以。扣筍鬆了而已。沒有甚麼不對。像現在還在總局裏的那些走得近和走得遠的舊日同事，可能永遠都不再有機會來往或見面，這和互成死亡不是完全沒有兩樣麼。談起某某時，還都不是打哈哈。沒有若何的不可以、不應該等種種。

「來，把這點乾了，咱們喫飯。」

「替我代半盃。」我看到丁華拇指的指甲縫子裏，還黏的有方才斟酒斟冒了的五加皮的黃跡子。「你們還有沒可能？」丁華問我。

「甚麼可能？」

當然我懂得他所謂的可能。但這要叫他一個字一個字咬清楚的說明白才行；免得他風一吹，我便忙着草動起來，好像迫不及待的單等他把竿子一豎，我便急巴巴的往上爬了。

「還甚麼可能，自然是指你跟沙金慧；我才不相信——」

「別瞎說了罷。」我打斷丁華的話。

「鬼才相信你能忘情。」

「兩回事。」這要表示斷然些。「那是兩回事。忘情還是不忘情，這跟去撿人家丟下來的末亡人，完全是兩回子事。」

「鳥嘞，你還嫌人家？要說真正享受閨房之樂，二舅，我勸你討個寡婦。還又清火。」

「老生常談！」我表示不耐。大口吞着白飯，存心噎噎自己，掩飾一下臉紅頸子粗的德性，免得叫他以為我是心虛的跟他爭論成這個樣子。

其實酒已上臉，紅不紅都是一樣的。

要說真正的所謂兩回事，只怕還在一方面撿不撿由不得你，一方面人家樂不樂意讓你撿，還說不一定。

但這是不能讓他丁華知道了去的。

跟丁華，在所謂「總局時代」的那三四年裏，兩個人真是全處無人不知，無人不曉的一對荒唐鬼；糊塗、邋遢、四項全能，作死一樣的成天亂整，完全的臭味相投——別咬文嚼字的把「臭」字唸做「秀」罷，斯的甚麼文——兩個人甚麼醜事都素不隱諱，毋寧說需要互相切磋。可是惟獨在跟陳谷音、沙金慧形成鼎足之勢的這樁事體上，對丁華，我是一直的要不是偽裝，便是對他封鎖。可能罷；對沙金慧未存玩心，正正經經的神聖戀愛起來，才會把丁華撂得遠遠的，不要讓他這個沒正經的傢伙玷污到甚麼。

但說也奇怪，他居然看不出，可見我的功夫不弱，憑他那麼一個刁鑽鬼，他看不出陳、沙和我，按照這個次序，一直是三部跑車老在被交通管制的圓環裏打轉。當然，不明就裏的人看起來，這三個混蛋倒是機會均等在為情所苦；如同在跑道上跑馬拉松，最後一名可能被你誤認為是個遙遙領先，人家追他不上的優勝者。鳥！所有一切，任他丁華自以為和我有多知己知心，他所知道的，跟事實相去真有十萬八千里。孫悟空的一個觔斗。他哪裏曉得我心裏存的甚麼樣的一筆混賬。

真的，實不瞞人，我去看過沙金慧。而且去過兩次。從兩次都不是專程去的這一點上，可見我臧沛霖一些也不是急急巴巴要去探望她這個新寡。一次出差到古里，招待所跟她母親家同在一條街上；另一次，也是順便，去塔後寮給一個遠房堂叔料理喪事。當然，我的老毛病，臨時又打退堂鼓。

「你想，要撿的話，我早撿了；我臧某人多少還是個識書達理的君子，再說——」

「得啦，二舅，」他總是有截人話頭的毛病，就像是總用「二舅」來佔我的便宜。「君子不君子，不是你自己說了算的——媽的慶昇樓，下次不能再來這裏喫了，甚麼螞蟻上樹，見樹不見螞蟻——這話要分好幾方面說；一來，一邊娘家，一邊婆家，你可兩頭攔截，跑不了那個小寡婦。二來，老陳屍骨未寒——」

「扯哪裏去了，洋釘！你聽我把話說完全成罷——」

「臭蛋喫頭一口就行了，非要喫完了才知道臭？」

「勸勸老人家節哀，也落嫌疑？跟陳谷音，又不是沒交情，好歹那年過年，人家老太太把我們當親生的兒子樣，你這個沒人心的禽獸——」

「噯，禽獸，沒錯，找人家文君新寡。」

「你怎麼就賴定了呢？首先，沙金慧在臺北開舞蹈社，既不可能在古里，也不可能回塔後寮那個窮鄉下。」

「怎麼個不可能？」

「至少可能性太小了。」我可再一次的重演吞白飯。

「太小了並不等于沒有，我的二舅爺。」

媽的你幹嗎這麼通我的底！「噢，洋釘，你就咬定了我臧某人除掉她沙金慧，就找不到女人了？」

「你找啊，沒有誰不准你找。打沙金慧嫁給老陳，兩年了，你不是賭口氣要隨便找個女人墊墊飢麼？兩年了——」

「低級，低級，」再好的話打他嘴裏出來，都帶着十年沒漱口的牙垢臭。「只有你才成天鬧飢荒，生冷不忌的，洗衣服的奧巴桑你都照樣的零嘴一番——」

「哎，二舅，你要弄清楚，我可是嘴黃心並不黃的。我這個檔案室，當心，保管了你不少的黃紀錄，你別裝着健忘，隨時我替你調調檔。你說你跟沙金慧如何如何，有沒有？你說——」

由你胡唚去罷，我不聽，都是說你自己的。那些個如何如何，根本就是謅了來誆你這個臭阿丁的，我都已忘記得雲影兒也不殘留一絲絲，臭洋釘，你還拿當家譜在那兒窮敍呢。傻瓜一個。

到古里和塔後寮的這事，可以公開給丁華的，沒有關係，縱令惹他揭短也沒甚麼，打打趣而已；叫他自己說，也不過是可也逮着了材料，拿我開開心，想不到甚麼上面去的。兩個老太婆，一個喪子，一個喪婿，憑着過去走動過，情分嘛，探望探望是應該的，所謂的老吾老，不能那麼現實。即便他那張快嘴，留不住隔宿的話，到處去宣揚，了不起招人說一聲多餘罷了。但是去臺北的那一趟——一想起那麼窩囊，就恨不得抽自己兩耳摑子——不可漏給他丁華。誰也不能漏。頂好忘了它。是不是？你壓根兒就沒見到她，不算數的。可是……不要去想它，幹嗎老派自己的不是呢。換了誰，都不免那樣。換了丁華的話，哼，怕更夠熱鬧的，臭洋釘！

慢說去沙利文舞蹈研究社，不能跟丁華說；就是到總局出差的那件事，都不要跟丁華透一點點口風最好。你不知道這根臭洋釘能有多黏纏的緊迫釘人，他能把你刑求得七葷八素，你沒去探望探望沙金慧？王八蛋才相信你二舅憋得住不去找沙金慧。文君新寡，寂寞芳心，死灰復燃……種種社會新聞的語彙，準都給你搬出來。正是有機可乘的大好時侯，不錯啦，二舅，又是人，又是房子，又沒有拖累，又是銀行存摺，她沙金慧的收入你也不是不知道的，況且還有份舊情……陳谷音那麼行的人，也絕不會身後蕭條。憑你窮生臧沛霖一個，二舅，走遍天下你哪兒去找？拎着棍子都找不到的……這個臭洋釘，他可有本領把你損得上天無路，入地無門。就是純開玩笑，也一樣開腸破肚的把你剝得精光，三角褲都不留給你的。

決不能讓他逮住一點點口風。

到總局去出差的那次，主要的是跟主計部門交道。到處裏去，純粹的只為着看看老人兒。

當然，滄海桑田，生面孔添了好幾張，意思淡多了。

看看老同事，誠心誠意的一點也沒羼假。不過，就便也並非不可以側面探聽一下陳谷音的後事。不好單槍直入的就打聽起來，那倒是真的。可是跟余大個子，跟大少爺，還有孫少雄，閒扯了大半天，都扯不到陳谷音身上。不知甚麼道理。陳谷音，不能由我提出來，這個嫌是一定要避的。最後，用了再好也沒有的技巧，楊熹庭，管我們經費預算的專員，都喊他財神爺，死于胃癌，跟孫少雄他們提起這個人，萬無一失，必定拉扯上陳谷音的。

「是啊，沒想到的事，那麼個嘻嘻哈哈老好人的財神爺……」

「他有家沒有？」這樣的強烈提示，簡直有鋌而走險的味道了。

「孑然一身。」

「這樣也好，省得坑人，是罷。」大少爺說。

下面該提到陳谷音了罷，令人切切的期待着。

「很難得了。」余大個子敬過來一枝洋女人抽的薄荷菸。

想告訴大個子，開他的玩笑，這種香菸會傷害荷爾蒙的，常抽不好。可是他的結論式的話裏一定有音，不能打岔。「怎麼個難得？」我給他打了火送過去。

「你想，一個管錢的，一生只積蓄了萬把塊錢，還不夠清廉麼。而且萬把塊，正好開銷殯儀館所有的費用。這一生，收支相抵，乾乾淨淨，可不是難得！」

「局裏也為他花了點錢，墓地、墓碑甚麼的。」大少爺強作世故的說。他之愛窮講派頭，依然故我；就像他明明不會抽香菸，還要努力做着很內行的架勢。滑稽要死。

「那也是應該的，」我也在努力着，「喜喪大事嘛，尤其是多年的老人兒了，局裏這個錢是不能省的……」

聊天聊到這個節骨眼兒上了，還能釣不出陳谷音之死麼，而居然——哼，孫少雄接過去倒又扯到局長出國考察的事情上去了，莫名其妙，又是阮承恩客串隨從秘書，臨時決定的，到處跟人借大衣甚麼的，害怕抗不住日本零度以下的氣候等等……無聊極了。

想不透甚麼道理，陳谷音的死事，一字不提。陳谷音的人緣不好，固然。但總不至于壞到連死了也沒有人再提一聲的地步罷。

百思莫解。

楊熹庭，死于胃癌，局裏把他的喪事辦得很漂亮……這樣，而仍還聯想不到陳谷音的頭上去，這不是奇怪透了！百思莫解。妙得很。

但我想，寧可百思莫解罷；也許這幾個傢伙看出苗頭來了，四面埋伏，等我入彀，狠狠開我的玩笑。跟他們幾個，還不到開這種玩笑的交情。別等將來跟沙金慧怎樣怎樣，讓他幾個傢伙不幸言中。既有這個可能，那我就絕口不提陳谷音一個字了，決不上你們這個圈套。

不過，走出總局大門，倒又覺得不妥，分明心虛嘛，幾個小子一定樂透了——瞧臧沛霖那副醃相兒，又拿着又捏着的，又想好事兒又怕人笑話……。

一時好像背上被人偷偷貼上一隻紙剪的小烏龜而不自知的那麼羞辱。

「真的，阿丁，你不要老跟我沒有正經的；」微醺的打着很響的飽嗝。「要說我完全無意于沙金慧，那是糊鬼也糊不過去的。可是，不知道你這個笨腦子能不能體會得出——你我，玩兒也玩夠了，孽也作了不少，差不多也過去半輩子了，成個家，當然是再應該不過。如今還想討個黃花閨女麼——」

「得，這年頭，還有黃花閨女留給你閣下？」

「你別窮打岔，洋釘。」我唬着臉不高興。「你就好生直着耳朵聽聽好不好，」我說。重新緩和一下臉色。「討個寡婦，有甚麼好計較的，可是？更甭說怕人笑話。就有一點——你又要插嘴，媽的！」把他制止了，我嚴着臉說：「無奈……這個寡婦前任男人，跟你那麼熟；別的不說，怎樣怎樣都好，管他那麼多。可就是一點，你聽着，單說那麼着的時候，你想想，那對眼睛——你記得的，陳谷音那對自來笑的瞇縫眼兒，枕頭這邊也是，枕頭那邊也是，就是閉上眼也趕不走它跑到你心裏來，諸處那麼監視你。也不必怒目而視，就那麼笑迷迷的黏纏着你，想想，看你辦不辦得了事……」

這就是我雖已走進沙利文舞蹈研究社的門裏——正確的說，走在樓梯的一大半上，仍然猶豫不決的唯一的心病所在。當然，沙金慧之對我，有的是成見，未必如我一廂情願的想着只要一見面，一張口，她就點頭答應的那麼易如反掌——真他媽的不是人，口袋裏裝着巧克力——可是事過境遷，情境特殊化之後，成見並非不可能完全化除了的；她也並非死定了點頭不下來。

「哈，二舅，你倒也老謀深算起來了，妙。」臭洋釘咬着牙籤。「倒擔心哲人其萎了，言之過早罷。他陳谷音又不是你謀殺的，你管他多少眼睛。」

「你辦得到嗎？」

「我啊，表演給他看，叫他乾瞪眼兒——就像羅生門裏那一幕。」

「可是那是活人，曉得嗎?活人眼睛，被綑起來的活人，又是素昧平生的活人……」

的確是那樣子，輕輕的試探着踏上一階階樓梯，彷彿上去到樓上的眼科醫院一樣的直念着眼睛，眼睛……。若是活人的眼睛，何足懼哉呢；那樣的話，你只要確知陳谷音是在班上，眼睛在班上，眼睛用在白卷宗和紅卷宗上，而你多麼容易避開他的視界。即令一牆之隔，你便能十分安全的——包括良心上的安全，跟他的妻子幽會種種。但陳谷音死了，瞑目了，死了的眼睛却如此之無所不在——豈止是宛在。站在樓梯的半腰上，我只覺得自己的人格，此刻異常糢糊。

用楊熹庭的死，也沒能從余大個子他們那裏釣出陳谷音的種種，很失敗的刺探者。甚至涉及局裏曾把楊熹庭的葬禮辦得很漂亮，很花了點錢，這還拉扯不上陳谷音。這樣，哼，除非他們幾個存心如何如何，萬無不觸到陳谷音身後事的道理。主要的是因為……誰呢，一時想不起來……真是，忽然記性這麼壞，記不起是誰告訴我過，大約不外是局裏的甚麼人，當初也曾在總局裏待過，是他跟我說的——怎麼用心去想，也怎麼想不起這個人——總之是這個人，有那麼一個人跟我談過，陳谷音的喪事，局裏出了不少錢，辦得很像樣子。

那末，同樣辦得很漂亮，很像樣子，而余大個子他們隻字不提陳谷音。甚麼用心呢？……人心真是險惡呀。

很令人不解的，當然並非陳谷音的死于胃癌。跟丁華借酒談起這些，閒話嘛，還不是河上漂的樹葉一樣，隨意流的。那麼一個樂天派，死于胃癌，總覺得不倫不類。這且不提；一透給丁華這個死訊，他也是驚訝透了。怎麼會呢，怎麼會呢……直這麼叨咕着。死亡的不可理解，導致人的不信任，這是不足為奇的，不去說它。然後，丁華愣愣的，敢情是漸漸恢復了一點理性，「怎麼會我們一點都不知道呢……」他的意思當然是說，陳谷音死的時候——至少公祭的時候，我們怎麼一點風聲都沒聽到呢。

「我也是這麼說；當然，陳谷音喫虧的是，他不是局長。其實也不必幹得那麼大，處長級以上的正副主管，我們組裏也一定立刻就會知道。」

「死得沒沒無聞，這也夠陳谷音難過的了。」

「可能……」我想了想說：「這可能跟他的人緣不好有關係。」

「人嘛，也是很不該的；假若真正的出于人緣不好，那——人既然死了，何必還想他生前種種差勁兒的事情上去呢。」

「對啊。」

我這麼應對，決不是順口湊合；的的確確，自從獲悉了陳谷音去世的消息——那是偶然得不能再偶然的機會，一張廢報紙，哪一家的報紙都記不清了，反正是包油炸花生米的一塊報紙，赫然的陳谷音訃聞——治喪委員會登出的訃聞。主任委員，我們的呂副局長。在油透了的斑斑點點裏——那是說，把反面的字跡也透過來了。當然，還沾着些鹽屑，油汪汪的花生米屑皮——認得出來是因患了胃癌的不治之症，以及因公積勞成疾等等，算算時間，當是兩個月以前的事了……令人既驚且歎。當然第一個意念便是沙金慧的薄命……沙金慧，這個令人魂夢為勞的名子，冠上了未亡人的頭銜，怎麼說呢，太倉卒了罷。自古紅顏多薄命，這倒從何說起！

然而不管怎樣，除了對沙金慧的憐恤，除了替沙金慧設想——當初若是捨陳而就臧，何至如此呢！瞧，臧沛霖，不是仍還壯得像條小牛麼……除了這點感覺，老實說，想到陳谷音的音容，從不曾覺得過有那般的可愛和可惜；真的，淨念着他的好處。死亡真是一個揚善隱惡的篩子，能夠把你好好惡惡的情感打根底上給起了變化，非常的單純了起來。

最淺顯的，連他那種一向為丁華和我兩個邋遢鬼所詬病的潔癖，都成了令人見賢思齊的模範了。真的，想到這，就不禁慚愧的偷看一眼老是在洗臉時才想到為何總忘掉買把指甲刀來經常修修的黑指甲。

丁華欣然同意，一面展示他的鑲黑邊兒的指甲。我們真是太投契了，好高興脈息相通的這麼同感于任何一樁事物。

手上沾着柳丁的漿液，我做給丁華看，那是平劇中的身段；想着陳谷音死了，就想着陳谷音的樂天派，想着那個小小的一幕景象。在我們總局附近的紅磚道上，他在一棵似乎是茄冬樹的樹底下等人——就我的敵情意識來說，自然是在等沙金慧了——那時我們已經進入戰時，互不搭理了。可能是哪位同事的孩子罷，八九歲的樣子，走他身邊過，叫他瞥見了，他就做出這種身段，併着雙指指着那個孩子：「這員小將，姓甚名誰，家住哪裏……」撇着平劇裏的韻白，擺下一副架式。紅磚道上，人來人往的也不少，他就能旁若無人的——當然也不曾看見我——耍他的。當時我是甚麼感覺和解釋，我不記得了，可能不會是很欣賞的一種好感罷。但自從他死了，這些便成為記憶裏的珍藏。

「你說，洋釘，多可愛的一個人。這種人，短壽，講不講得通？——沒有道理的。」淺綠的小毛巾，我擦着每一根手指，等着他的意見。

「我正要告訴你，阿髒，別再洋釘不洋釘的，輕浮！我們都是有了點社會地位的人了。」

這個莫名其妙的傢伙，文不對題的胡扯個甚麼。當初一陣子出國熱，又是聖保羅，又是劍橋的，到處惡補番語，如今外放到小地方上來，甚麼都不甚麼了。「是不是都又還我本來面目，又跟我一樣的目不識洋釘了？」

「老實說，在沙金慧眼裏，你就是喫虧在這個。」

「提這幹嗎？人死了，臭的也成了香的。想到這，陳谷音真是個人才，當年罵他洋奴，只配辦洋務，如今惋惜起來。死，到底是個甚麼玩意？才能，本領，也會死掉？我總覺着那些東西，現在還該在一個甚麼地方，或者像個看不到的物體，還在陳谷音的墳頭上，飄來飄去，孤魂野鬼是的。是不是，那些東西怎麼能死掉呢？怎麼能說沒有就沒有了呢？——還有他一肚子的西皮二簧……」

人說，死亡是一種破壞。人云亦云。我意不然。在陳谷音的屍體上，反而一件件的建設了起來。

「死亡，你不覺得有多寬容？仁慈？真心的說，對這個情敵，真的，甚麼都成了好的；再不得人心的那些，再平凡不過的那些，都成了真珠瑪瑙。這話一點不假。」

「好，雅興不淺，」丁華嚼着牙籤，我們微醺的下着樓梯，「你雅興真不小，歌頌起死亡來了。我們再找個地方坐坐去好罷。」

「你是七點多少的車子？」

「早着哪，七點七十。」

我看他酒也差不多了。「噢，那是八點十分。」

「七點七十。」他鄭重的更正，但立刻發覺了，「不不，七點四十——奇怪，阿髒，四跟七我總是搞亂，不知甚麼道理。」

「你甚麼搞亂，兩盅下肚你就四七不分了。」

「不不，你聽我說，常常這樣，數到四十八，四十九，接着就是八十，或者七十八、七十九，五十，又回頭了。常常就是這樣數錯了錢。」

「那好，不曉得誰佔便宜誰喫虧。」

「有便宜給你佔？」他有一隻眼睛比較大，瞪人的時候就更大。「你五十當八十數給人家，行啊？可是八十當五十的話，人家就不客氣，默默的領你的情了。」

「你小子難得糊塗，也得讓人家這麼整整你。」可是我倒也發現自己的毛病，很近似，所謂異典同工。「你別說，老夫也不大健全，這個——」我敲敲腦門，「我是姓陳的和姓楊的不分，像陳琳跟楊雄，楊家將我常常都說成陳家將，惹人笑。只要是不經過大腦濾一濾，準定給顛倒過來；不管是聽，還是說。」

「妙極。你我又是臭味相投。不過這一點，你是文科，我是理科。」

「所以說是異典同工嘛。」

「哪兒去坐坐呢？」丁華問我。

「走走看，」我雙手搗住腮，燙燙的，五加皮都聚到臉皮上來了，大約。「公園坐坐算了。不錯的，你別瞧不起這個小鄉下。」

「找家冰菓店罷，我請你喫木瓜。」

「我請。哪兒可以旅館的臭蟲——喫客人的？」

「你把我當客人？……」

找個地方再坐坐是對的。兩個臭味相投的傢伙，先後外放而久違了這兩年，真還不少的話要扯扯。走，是得再找個去處坐坐才行。

但我是覺得，心理上似乎還需要一點小小的勝利才是味道，不知為甚麼。總之，有些若失的空虛。大約吹過牛皮以後，都有這種輕微的虛脫之感。這半天盡聊的是陳谷音的死，和沙金慧的活着。聊了不少了，總還是缺點兒甚麼；彷彿喫不來麵食的南方人，末了總是來上小半碗米飯，才算正式的喫飯了。

所以，我需要跟丁華這個臭傢伙再談談，好叫他知道，當初的鼎足之勢——天哪，哪裏成勢——後來雖然那座鼎傾斜了，我扮演的那隻蹩脚終告折足了，起碼，在另個支戰場上，我還是小有斬獲的；「沙金慧的寡母」——糟糕，她們母系的命運裏，原有年輕守寡的遺傳——「知道嗎，阿丁，她母親對我比對陳谷音好。」這是實在話。

「得啦罷，你還提這個。當初你猛走她母親內線，我就警告你犯了戰略性的錯誤。現代的女孩，還——」

「以前不去說它，」看來，我是勢必要再編點鬼話來給酒後助助興了。「你知道嗎，去古里的那次，她母親的心裏完全表露無遺，太令人甚麼——」那次沙伯母根本不在家，去臺北陪伴她新寡的女兒了，大概。「一直我都不知道，遺憾透了；沙金慧決心嫁給陳谷音的時候，狠狠的哭過一場。而且，母女倆，着着實實的爭吵得很厲害。你說，這件事要不是陳谷音死了，永遠永遠我都不會知道。可見——」

「可是戰術上的成功，挽回不了戰略失敗。」

「你根本沒弄清楚，臭洋釘。固然她母親力主她嫁給我是不錯的；主要的還是沙金慧她自己矛盾的很，知道嗎？心理很矛盾，總之，這是個天平——」我把木瓜汁杯子裏的兩根麥管取出一根來，擺給丁華看。「女人，哼，待嫁春心，就最怕遭遇這種情況。女孩本來就天生的不會下決心；為甚麼？你知道罷？非理性的動物，基于不懂得分析、判斷、結論——」

「可是她會順手抓點甚麼，放在這一頭，那就是法碼。好了，你那頭就翹蛋了。」

「那可不一定，」我說，「固然是順手抓點甚麼，也固然是隨便放在哪一頭，可是老哥，你錯的厲害；等到一頭翹起來，一頭沈下去，你以為她要的是分量重的那一頭？呸，那又不成其為非理性的動物了。」

「他媽的，女人……」他眨着眼睛。語意不明，使你猜不出他眨巴眼是為了甚麼。

「哎呀，總之——」他說。「沙金慧結婚了，丈夫不是臧沛霖。」

「老套。不可成敗論英雄。」

「但是我們論的是成敗。」

「但是她現在後悔了。」我擦着濺到手上的木瓜汁。

「其實，」他沈默了一下。「我要是沙金慧，倒是正好，當初拿不定要哪一頭，現在兩頭都撈到了，兩全其美不是？」

「那——還與這一頭不樂意呢？」

「別拿俏了。哎，其實客觀的說，撇開咱們倆的臭交情不說，真的，拿你跟陳谷音較量，你我這一號的玩兒家，在滿足女孩子安全感的需要上，多少要喫點兒虧，列在第二優先。我說這話你不信。」

「你也別老是長他人威風，滅自己志氣。你知道老太太最不滿陳谷音的甚麼？你猜猜看。」

他又瞪起他大小越發懸殊的眼睛。不知他是否要猜，或者認真的在猜。

其實需要認真的猜上一猜的，還是我。以老太太不滿陳谷音為假設，猜去罷；不如說是再編排編排罷。

想起陳谷音的《叫關》和《白門樓》，他自己灌的唱片。真是幼稺，我把它丟在磨石地上踩了一百脚，就在他和沙金慧要訂婚的噩耗傳來的那天。老實說，唱的不賴，尤其那段二六，纏綿委屈，哀怨至極。不錯的，像我這個欣賞平劇的素養不低了。不愛小生戲，算不得上段。他送我自灌的唱片，敢情是寶劍贈壯士。他死後，我才發現自己夠多幼稺。有時悼念起陳谷音，就不期然哼哼起我為你，我為你的。一面難過着，一面想理解死怎麼會有這麼大的魔力，這麼化干戈為玉帛的美好和仁德。

「猜不出是罷？」我催促着。

「對了，你說的還真有點道理；經我這麼一想，鷄蛋裏找骨頭，真還找不出這個死鬼有甚麼毛病。難道死這玩意真能造出完人來？」

「可不嘛，完人完人，完了之人嘛。」

這是說着玩笑。要說死了的人都是完人，也還不至于這麼一律同等待遇。但無論如何，死是一種美化，一種裝飾，似乎是不錯的。如今，叫我再恢復他生前時我對他的那些仇惡，怕是很難呢。我能替沙金慧的母親在陳谷音身上找到甚麼不滿呢？尤其對照着我這個體無完膚、身上帶着巧克力糖去看人家新寡的後死之士……。

「要末就是——這不能成立，」他在跟自己辦交涉，「樂天派總不是毛病罷。」

「不過……」我考慮了一下，「樂天派當然不是毛病，但有不可免的副作用——該不該叫做併發症？」我在順着他的竿兒爬，只是發覺這麼爬，爬不出甚麼道理來，太空洞而且概念化。「不過這並不是老太太頂不滿意的地方。老太太最不舒服陳谷音的，還是他經常登臺票戲。老太太其實是個老戲迷，愛看個戲——」

「那不是正逗上筍了！」

「你聽我說啊——本來這對陳谷音是有利的（可不是真的有利麼），可就正因為這樣，才對戲子有偏見。特別是陳谷音唱扇子生最拿手（我這可又赤口白舌了），那樣子眉來眼去的，夠多叫老太太噁心！再說罷，老太太——」

「那他陳谷音又不是真的戲子。」

「老太太嘛，糊里糊塗的哪還管你唱的營業戲，義務戲？反正都是唱戲的嘛。」

「不過，偶爾為之嘛，又不是經常登臺。」

這個臭洋釘，幹嗎這麼墜蛋，硬要替陳谷音死鬼辯護到底。無聊，閒話扯扯而已嘛。

「老太太的事兒，哈，」我用一種對老太太的厭惡，暗射這個墜蛋。「你哪裏跟她講得通道理！沒有道理嘛。」

「……」他又那麼意義含糊的眨起眼睛。

我就繼續的為沙金慧的母親編排着莫須有的無聊的軼事，以及對我之好，之關懷，之岳母眼睛裏出潘安……但我發現臭丁華根本沒聽——他用大小不均勻的眼睛凝視着我。一看那眼神，我就懂得此刻他不但視線斷了，聽線也一樣的處于接觸不良的狀態。

我的靜默，使他清醒過來，「哎，阿髒，我剛才看你看得好小，好遠。真奇怪……」

這可叫我心虛的驚詫起來。

「不知道你有這種經驗沒有。」他顯得莫名其妙的興奮。「你在做學生的時候會不會這樣，坐在教室裏聽老師講課，有時太久了，視覺會發生變化，能把講臺上的老師看成好小好小，遠遠的，連聲音也遠了。像甚麼……對了，就像把望遠鏡倒過來看是的，很奇妙……」

甚麼鬼的經驗。這傢伙經常異想天開的混扯。

「那，毛病出在你一大一小的眼睛上，沒別的。」

「你小子不解風情。我還可以把你看成兩個阿髒，你不信。」他托住下巴的手，挪出食指，深深的撳進那隻大些的眼睛的眼泡底下，使得眼球突出來，像是假的，瓷製的眼球。

「對，你就是那樣，才把好好一對眼睛糟蹋得一大一小。這麼大的人了，還像小孩子，玩甚麼烏眼。」

「喂，你注意過沒有，」他放下手來，恢復原狀，一本正經起來。「一般訃聞上，死者親族是不是不列長輩？」

「我想想……」望着遠處，我在搜索記憶。好像望着遠處有助于想得遠些、廣些。

「你譬如說，像陳谷音的訃聞——你是看到的吽——親族會不會只有一個未亡人沙金慧？陳谷音似乎一個兄弟姊妹都沒有——」

「誰說？人家兩個弟弟……不過，沙金慧……倒是哥哥弟弟……倒都齊全……」

我是有口無心的漫應着，只顧拼命去記憶那份訃聞上到底有些甚麼記載。死丁華，不斷的在我耳根底下絮叨。這酒，後勁兒不小。他似乎比我行呢。但也有六七成意思了，不然不會這麼嚕囌。我是只感其聲，未聽其意。大約是說，長輩或姻親之類，都不上訃聞的。也許罷。無聊。但記憶裏怎樣也找不到一點點印象。那塊報紙——我實在不敢確定是包油炸花生米，還是燒餅油條——一兩個月以前了，哪還記得那許多。但副局長擔任治喪委員會主任委員，委員中有我們老處長的這件事，是絕對清清楚楚記得的，甚且非常鮮活，一個字一個字擺在那裏的樣子……。

「想起來了，」我說，「可能是這樣，治喪委員會的訃聞，歸治喪委員會的訃聞；家族的訃聞，歸家族的訃聞，登的是兩個廣告——我們不是常在報紙上見過麼——單巧那塊報紙上，登的是治喪委員會的。他家族的訃聞，正好裁到另一塊上去了，所以到底是怎樣排名，包括沙金慧，我是一點印象也沒有。」

「單巧，楊熹庭的訃聞，我看到的也是治喪委員會的，也是我們副局長做治喪主任委員。」

「當然，楊熹庭是個單身漢。」我說。

「其實以楊熹庭那個年齡說，應該是獨身主義者。」

「別那麼沒事幹，淨咬文嚼字——」

「是嘛，老楊已經超過單身漢年紀了。」

「單身漢還有一定的年紀！」我是半自語，半辯駁的不服氣的說。

把臭洋釘丁華送上車，往回走的路上，心事一直起伏不定。這個阿丁不來也罷；這些日子已經把要不要沙金慧的事淡了許多。休假到別處去休嘛，哪兒不是好玩的去處，偏跑來看他媽的甚麼鬼老友，以至又在我心上重燃起戰火。死臭丁華！

要不要再振作起來呢？我問我自己。

沙金慧，哼，小寡婦，遺傳性的命運，尅夫星，她母親是，她是……不知道她的外婆婆是否也是年輕守寡。

恐怕問題並不在此。

去塔後寮的那次，實在該去看看陳谷音的母親的，或者他的兩個弟弟隨便哪一個，多少總可以從側面探知一些有關沙金慧要否再嫁的風聲。

但是由于心虛，又想去，又給自己找藉口，你看，堂叔的喪事，這麼千頭萬緒要料理，你倒要去謁見老愛人——你愛她她不愛你的人——的婆婆或小叔子，狗屁透了！……問題其實還是在乎心虛；給堂叔料理喪事，就不能順便觸及一下自己的喜事麼？誰規定的！

而即使心虛，又哪裏有那個必要呢。陳谷音的母親怎麼會知道我曾經爭她的兒媳？他兩個弟弟又哪認得我曾爭過他們的大嫂？真是心虛過分。

陳谷音的無所不在的眼睛，當然那也是令人畏縮的主因。事情哪裏那麼簡單……。

回到組裏，酒意已消，但由于整個一下午給丁華鰾住，又數度興奮過度，因而感到很疲勞。

信箱裏一封信也沒有。無聊，信箱有甚麼好看的！別做夢罷，鄙賤的偷偷狂想沙金慧會給你來封信。她會那麼積極的採取主動？

一個新寡有這樣的心情麼？丈夫亡故後的短時間裏，也該是一種蜜月的；除非那個丈夫太惡劣，太傷透了她心。而陳谷音不是那種丈夫。你鄙賤的一廂情願的狂想些甚麼！一個還在和亡夫的靈魂，和亡夫留下的一份情感在共渡蜜月的新寡，可能嗎？對于一個死了的情敵，你尚且把他改造得那樣完美，幾乎看做一個完人，更何況在一個新寡的心上……。

我是卑視着自己的自責着。在走過裏面顯得很熱鬧的會客室門口時，感覺上近乎有罪不敢抬頭的輕微自卑。匆匆的從那裏走過，希望不要被裏面的人發覺，所以連向會客室裏瞥一眼的衝動也按捺下去了。

不知為甚麼。太累了罷，酒後的倦意有一種發寒熱的病味……。

但我實在很明白，又是別的一種心虛。不倫不類。隨便打開信箱看看也沒有觸犯甚麼的。心虛的緣故，沒有別的。會客室的窗口裏，我知道，隨由哪個角度，都能一眼就瞧見那個不甚高明的蹩脚信箱。但你的背上又不曾寫着「我在查查看，沙金慧有沒有信來」。人心真該實在點兒才好；即使你在那裏查看沙金慧有否信來，聲言你的狂想，又有甚麼不該……。

「副組長，您看是誰來了——」背後，會客室裏忽然冒出一聲招呼。

他媽的嚕囌，我渴望着休息呢。

在天井四周的門窗投射到會客室門前不規則的重疊的燈光裏，聚集着三四個人，副組長副組長的大驚小怪的亂嚷嚷着。天上來的客人罷，值得這麼鬨動！總不會是臭丁華罷，眼看他上了車的。這些小子真是喫飽了飯，閒着沒事幹。冗員！

但那似乎是個好眼熟的某故人——其他幾個當然熟得透爛，天天在一起，看了都令人生厭；我是說的那個來客，瞧着好眼熟的一副笑臉迎上來。在那些四面八方交會過來的重疊的燈光裏，不很清楚的浮現着那麼一張圓臉。

總局下來的人嘛，還不是又來查甚麼案。好，白天剛送走一批，這又來了。心裏迅速的掠過一抹不快，咱們又不是三軍儀隊，專門迎送外賓甚麼的。

對方伸過手來，好一副可愛的笑臉。

我伸過手去，熱烈的嘿了一聲。然而猝然的打了一個冷顫，手在中途猶豫下來。

「我死了是不是？」好爽朗的一聲大笑。

我不知道自己是甚麼樣的臉色。

「這怎麼可能呢……」我嗡嗡不清的喃喃着。

「妙得很，阿髒，來握握看，保證不是鬼魂。」

手就那麼握在一起。他的手是溫熱的，實實在在的；也許是有心去仔細的感覺一下，以至有一種肉貼着肉的猥褻和不安。我仍然不禁一再的細審着他那張自來笑的大圓臉。

「這怎麼會呢？簡直是……」我還是止不住的要這麼說。但我的意思當然不是說他為甚麼還活着——那不像話——而是說，何以他曾經死過……但也不是這個意思，我不知道該怎麼表達此刻虬結在我心裏疙疙瘩瘩的那麼些個狐疑。

「喂，到底是怎麼回事？這麼妙……」陳谷音，一個死了的人，我的情敵，這麼充滿着友善的問我。

「是啊，到底是怎麼回事，我也弄不清楚了……」我說，出于至誠的。

而我，一時的確難以全部的驅除掉由于陳谷音的死，而充塞在我心裏的那些曾經當真過的悼念、傷感、以及一切可卑的狂想，種種，種種……。

一九七二年正月初六

小說家者流

小說家者流，蓋出于稗官，街談巷語，道聽塗說者之所造也。

——《漢書・藝文志》

一排垂柳，一池淺水，村婦女們洗衣的場所，兼具記者招待會的性質。時間多在早餐之後舉行，洗衣和家長俚短自有一定的節奏，趨向高潮。人的精力這時似乎是處于一天當中的巔峯狀態。

若是夏季，這也是一天當中清涼爽適的時候。

水池或不如說是水坑，有時下水去撈不當心漂走的衣裳，最深的地方也沒不到膝頭。因為是活水的緣故，水是文文靜靜的注入，文文靜靜的流去，長年保持着一定程度的清澈，水位也沒有多大的升降。

趕早涼來這裏洗衣，其實並非靠着柳蔭遮涼，這個時光裏，日頭仍還磨蹭在戲院那座高大的建築背後，大遍的投影要有一兩個時辰停留在這裏。

戲院真是村上最具規模的大建築物了。唱歌仔戲，宜人京班、放電影，有過二、三十年的鼎盛。然而那些用竹竿挑在家屋頂上的，真就如同雨後春筍的電視天線，已使戲院逐漸衰微，終而關門，改做了農會倉庫。昔日迴盪在村子領空的繁華的樂聲，就那樣無人悼念的由它沉寂下去了。

但戲院那一遍遍遲遲停留的投影，算是戲院物故之後遺下的餘蔭，依舊庇護着村婦女們這個小小天地。洗衣和家長俚短，總是不愁不歷久彌新的。

●

最新的風傳，要算是車站那邊議員女兒逃家的事體，比較受到普遍的重視。

不消說的，這是村報的頭條新聞。

然而也只止于風傳，村民們只等于讀了新聞標題——議員的女兒逃家了。新聞內容還無人能道其詳。

傍水的這一排垂柳下，在聲張着這件新聞。

說來道去的，籃子裏隔夜汗餿的衣裳，一件還沒下水。可是即使這樣不停的聒噪，並不曾交換到較新的，或較詳細的新聞內情。

這事前一天傍晚就傳出來了。

以文家家主身為縣議員的地位和聲望，鬧出女兒跑掉了這樣醜事，沒有人會不識相的去到文家，藉着慰問甚麼而一探虛實。

村上能夠數得出的，只有那麼兩三個人物，可以不用任何藉口，隨時到文家走走；其一是開豆腐店的阿財，另外一位是給文家看山的阿顏伯，再就是阿財的二媳婦，因和文家做飯的阿玉蘭有些交情之故。

但阿顏伯尚在河對岸的山上，這幾日都在監工伐售相思樹材。而阿財得到這消息已經很晏，再隨便也不好半夜去敲議員的門，且從五點鐘忙到此刻，還不得從他的行業上脫身，心裏乾乾的着急着。

今晨的豆腐店生意似乎很俏市。

不是初一，不是十五，可是人們倒像約定了今日喫齋，都來照顧阿財的生意。行市特佳，而阿財却似很煩惱；當然他也不是傻瓜，早就覺出這些顧客們用一兩塊錢買豆腐，或豆乾，想來乘機套套他的口風。

阿財是個很愛惜面子的人，必也覺得議員家出了這等大事，如他一無所知，便算不上號稱和議員走得近的那份體面。

不過也不好小看了這位小商人，阿財終還是饒有心機的；一臉的憂色，為議員家的不幸保持着一份自己人的沉默。若有誰不識相的正面的打聽起來，而那個人又沒有甚麼可尊重的身分，那他就用不大好的聲氣啐過去：有甚麼好打聽？傳來傳去的，不免傳進人家議員耳朵裏去，將來彼此都不好看⋯⋯。

不過，雖然這樣；待他二媳婦收拾洗衣的籃子要去街後時，還是踹不住氣暗裏囑咐一聲：「要是遇見阿玉蘭，問問看嘛，到底怎麼樣了⋯⋯」做出不很專意的樣子。

阿玉蘭終被村婦女們眾望所歸的等來了。

阿玉蘭好像比平常的日子來得晚一些——但也許是心理作用，愈是盼望殷切的事物，愈是不喜歡提早來。

只是阿玉蘭剛剛轉過林內科園牆角角那裏，向這邊姍姍走來時，大家却又不曾相約的，連忙低下頭去，一致賣力的搓洗起第一件衣裳。

阿玉蘭不似平常日子那樣，老遠就花枝招展的招呼過來。這是千真萬確的，並非疑心。

阿財的二媳婦，受到公公的託付，越發自覺揹了甚麼過錯似的，忽覺和阿玉蘭生疏了許多，顯得不知所措的糊塗起來，把一塊新肥皂只管來去來去的搓在衣裳上，蝕了小半邊還不自覺。

可是像這樣裝做無事，又未免裝得過了分，漸漸有些僵起來。

「過來這邊來呀，阿玉蘭。這樣晏，妳這懶小妹！」

還是年長的金生伯婆來得練達，一下就給大家鬆了綁似的和緩了下來。

「謝謝——哪裏算晏哩！」

聽阿玉蘭這樣的口氣，倒還算尋常。這才接着有人停下手來，跟她招呼。

「喫罷飯了？」又有人跟着搭腔。

「噯。」阿玉蘭應着，一面來至金生伯婆和阿香兩人挪讓出來的空地，放下手裏高高的提手的竹箴筐子。

阿財的二媳婦，用很親暱的笑臉迎向阿玉蘭，算是為着打探議員家的事情，在既有的交情上再額外投資一下。

阿玉蘭木木的，對于她這副笑臉，彷彿視而不見。

這個受了公公託付的媳婦，遇上阿玉蘭守着眾人給她的這份待遇，心上甚麼地方像受了傷害，不由得冷了冷。

但也不可氣餒；起碼要使別人覺出她和阿玉蘭究竟不比尋常——反而這比負不負公公的託付要重要一些。

望着阿玉蘭身上很新的藍白花衫連裙，找到文章，「上次到臺中去買的那件麼？——好合身哩！」

「早穿過了嘛，妳見過的。」

「是麼？」有些被揭穿了詭計似的，心虛的窘了下。「唉喲真是的，怎麼我都不記得呢！」

「頭腦放假了！」阿玉蘭聲氣不好的回了她，也沒有看她一眼。記不記得是一回事，單說到這裏來洗衣裳，哪興穿新衣的道理！真是找話搭訕，找得急不擇言。

和阿玉蘭，說得上無話不談的交情，但也還比不上公公那樣，隨便上文家去串門子。只不過每隔三、五天，總要送半木桶擦地板用的豆渣到文家去，交情便是這樣攀扯上的。

送豆渣到議員家，都是阿玉蘭接過去，謄到一隻鋁桶裏。因為是粗賤的東西，從不要議員給錢的，阿玉蘭總是要搶着給她洗洗桶。而她當然不肯的，兩人奪來搶去，兩人的手便膠着在木桶的提柄上，也就那樣無話不談的閒扯起來。雖則一個已做了兩年的媳婦，一個還是女孩兒家，也都不太避忌的聊那些事；誰又有了三個月的孕，又是誰裝了樂普老是鬧頭痛，而且那個東西也不按期來了，遲上半個月、一個月，成了常事。談着這些時，最多只把聲調放低一些而已。

憑着和阿玉蘭走得這樣近，打聽一下議員家大小姐逃家的事，本不是不好啟齒的。只是瞧着阿玉蘭不似平時那樣的三三八八，心裏揣想，當着眾人面前不識相的探聽究竟，怕是很不相宜的。那末就加緊把衣裳快點洗出來罷，等會阿玉蘭定規要像平素那樣，纏她陪着一道回去。等兩人單獨一起，自然甚麼話都方便談。

安分的俯下身來，為了挽救甚麼似的猛力搓洗起衣裳，玉藍色的一件尼龍襯衫。這種料子一下水，簡直就是玻璃一般的透明。

一家人的污衣，塞了滿滿膡膡一籃子。其實是不在意的隨手扯一件出來，沒見笑，單單巧就是自己男人的；也沒發覺到，糊糊塗塗打上那麼多的肥皂，笑死人一千擔，以至下了水清洗這半天，還沒有清乾淨；只見四周散着奶混混的肥皂水，家裏擠豆漿的布口袋子洗下來的水，就是這樣的乳白色。真怕被人家看出來。

跟阿玉蘭做朋友雖則無話不談，底子上還是算不得放下心的；好似地不平整，桌子挪來挪去的，總有一條腿不着地，桌子上的湯碗便不好放心的盛得太滿。說來也是要認命的，在闊人家做個下人，見多識廣，喫的猪油比小家裏喝的湯多。這也不必明說，心上，再自然不過的覺着阿玉蘭甚麼都比自己高一等，凡事總是從讓着她一些。

可是眼前還是眾望所歸的；信雄伯母用肘子暗暗觸了她一次又一次，四周也盡是鼓勵和催促的眼色盯住她。算她夠鬼精靈的，眨眨眼便擠出鬼主意，大後天是中元節，問問看，議員先生家宰了多少鷄，多少鴨。這樣的探問，最閒話不過的平常，決不會惹起阿玉蘭的見疑。說不定這個不算有甚麼心眼兒的阿玉蘭，一不在意就漏出些口風：「哎呀，不比往常哩，先生、先生娘，哪裏還有心腸拜拜喏……」那樣，哏，就有線索可尋，順着透出來的一點口風，剝香葱一樣，把一層層薄皮仔細的順着紋理撕，總撕得到葱心兒的。「怎麼呢？」再這樣的探問下去：「像議員那樣人家，山上宗親族人都有許多，逢上拜拜哪有不來之理，不準備幾桌怎麼行呢……」

可是自己在心裏你一言我一語的對答着，阿玉蘭才不是順着她的鬼主意來。阿玉蘭抬頭看一眼，沒有回應的重又咕嗞咕嗞的只管搓洗着那件男用的白汗衫。

「要是忙不過來，」跟着又催上一句：「就喊我來幫忙妳嘛。」

「等妳幫忙哩，日頭都要落山了。」阿玉蘭終也回應了聲息。

「那妳不喊一聲，我怎知道你們甚麼時候殺鷄宰鴨！」

「……喊是要喊妳的；喊妳來喫拜拜呀。」阿玉蘭又像方才那樣，隔上好一刻，才帶些裝着賭氣的顏色，瞅她一眼說。

「我們才喫不起！」

「到底是議員人家，」信雄伯母插進嘴來。「我們小家小戶的，休說鷄鴨還不知在哪裏；連買鷄買鴨的錢，還在人家錢包裏，不曾賺到手上來哩。」

「信雄伯母真會講話！」阿玉蘭撩撩鬢髮，笑了笑。

「她會講出甚麼好話，」金生伯婆說，「要講就講到盡頭嘛：該說議員先生家鷄鴨早已煮好，撈起來吊在簷頭上了。我們這些小家小戶呀，鷄仔鴨仔還在鷄卵鴨卵裏；鷄卵鴨卵還在孵窩裏沒出頭哩。」

一些人都奉迎的笑起來。

「那呀——不如就把賴孵鷄殺來拜拜還乾淨。」

陳家的寡婦也是村上聞名的利嘴一個。

大概她這人的人緣不見好，沒有人來跟着笑。

也許是因陳家比較窮些。到這裏來洗衣裳，也可說是服裝表演的性質；衣裳少，多半是用不着使肥皂的差一些的料子，色氣且都是一派暗遢遢的。這樣一比，就顯出貧富來。

本來是藉着打聽準備拜拜的事，刺探出一些苗頭——正誇讚自己賽諸葛的好陰陽，全給這些討厭鬼你嘴我舌，把話頭扯到高麗國去了。躲不住又須犯賤呢。

不說遷怒，但也確是遷連的不高興起阿玉蘭來。照阿玉蘭含含糊糊的意思，文議員家七月十五日的拜拜業已萬事俱備。啐！瞎話，大天白日底下，跟好朋友不老實，方才挎着洗衣籃子來時，忒意的多繞一個彎子，經議員家的門前過，一則要看看有甚麼異樣，再則，也許碰巧遇上阿玉蘭，招呼一下，等着一道去洗衣。阿玉蘭雖未遇上，却在走過議員的門前時，眼看平素火火旺旺的人家，人來人往的走進走出，今日總顯得有些不然。說也說不出道理。兩層洋樓還是那兩層洋樓，圍着洋樓四周的也還是那些花木，但總覺不似平日，那洋樓彷彿又矮又褪了漆色，花木也都好像委靡無光，查封了的人家那副模樣。樓簷上一清早便吵鬧不休的麻雀，還有咕嚕嚕嘮叨着的，一面運動着粗頦子的家鴿，也都無聲息了。

想想看，落到那樣不振的人家，還有閒情做鬼的拜拜，不合道理的。不好強要顧着面子，拿甚麼敷衍來騙人。

「哎，阿玉蘭，我先走了噢。」衣裳從沒像今天這樣的洗得馬虎。

「急甚麼？一道嘛。」

果然阿玉蘭如她所料。這樣，她就忽又好像有了生氣。

「等妳要到日頭落山！」索性站起來，威脅威脅。「今天不等妳，哎。」

「壞死了。狠急着回家，猪頭三牲的等着妳啦!?」

瞧着阿玉蘭手底下加快了動作的趕着，蠻誠心實意的，心又軟下來。

「來，」她說：「丟兩件過來，幫妳洗。瞧着可憐。」

緊趕慢趕，算是把衣裳洗完了。阿玉蘭像被她娶走了，人是她的了，獨獨跟她一起走，撇下那麼些鬃鷄似的眼睛，大約像看皇上和娘娘一般的。把她們給饞死！

「你瞧那些人，真不生好心。」

「……」她勾着頭，瞥瞥阿玉蘭，表示不懂得平白的這話從哪裏說起。

「喫自家飯，偏管人家事！」阿玉蘭嘟着嘴。「除非妳目珠瞎掉了，才看不出哩。」

這個受了公公託付的媳婦，好一陣心虛。「管她們哩，沒有一個好東西嘛。」

「是啱，都是家邦親鄰，作甚麼眼睛扒開碗口大，找着看人家褲子脫線哩……」

「真是呵，千萬不該的，等着笑話看！」好不屑的撇撇嘴。

「妳也知道了罷——出的事情？」阿玉蘭說，一面檢查面前這張臉孔。

「出甚麼事？」

「淑芳啦。妳真的不知曉？」

經這樣一問，再假裝恐怕要露破綻，不如承認的好。「大小姐嗎？聽是聽說，跟先生娘鬪氣去學校了是不是？」

「暑假，去甚麼學校！」

「那就不是。」裝做想一想，愛惜的看看手臂上給陽光鍍成金色的稀稀的汗毛。「那——鬪氣算不得甚麼事，嘿，阿淑芳也被寵嬌了一些，不必——」

「甚麼鬪氣……」阿玉蘭不放心的四下看看，把聲音放低下來。「跟人走啦，妳還不知道！」

「怎麼會啱，妳開玩笑。」

「這事也開玩笑！」

「怎麼會哩，怎麼會哩……」要表示這種事說怎樣也不能相信的。

「怎麼不會！」阿玉蘭給了她白眼。「愛上人家，還怎麼會不會！」

「哎啊，議員家的大小姐……」

「……」阿玉蘭接口過去，待要說甚麼，又停下來；路那一頭，迎面一夥四、五個鐵路工人走來，鶴嘴鍬甚麼的，掮在肩上。

「妳不要出去講給人家啊。」

「不會啦。」

為了避開那幾個工人，兩人便都望着路側人家後院裏的眉豆架子。她去阿玉蘭的髮上理理那白底淺藍點的髮帶。

「玉成行還沒有這個花色的哩，都好土好土，式樣也笨死……」

和這些鐵路上做工的，其實都彼此知道誰是誰，却總是裝做素來不識不認的生人。其中住在老街梢上的那個阿發，年紀比較輕一些，咬着牙齒吹口哨，嘶嘶嘶的吹着採茶歌，跟在同夥的尾巴後。那張厚厚的盤龍嘴，一咧一兜的來變出嘟來咪發。

工人們吵鬧着村話走遠了。「怎麼樣？」這再接上先前那個話頭。「是爸爸反對呢？還是媽媽反對？」

「……」阿玉蘭暫不搭腔，洗衣籃子換到另個臂上挽着。

「妳不知道，嘿，兩老都氣得發胃病了，家裏現都陰氣沉沉不成樣子……」

「甚麼樣的人哪，兩老要這樣生氣？」

「我真不要說了。」阿玉蘭嘆口氣，望着別處，「一家人都不知道；連我。」聽這口氣，阿玉蘭十成倒有八成是不滿這個大小姐走得好乾淨，連她阿玉蘭這樣重要的角色都不清楚內情。

「怕只有阿淑芝才知道。問她也不說。」阿玉蘭又嘟起嘴來。嘟得好高，可以掛得住洗衣籃子。

「妹妹知道？」

「想必知情，就是不肯吐一個字。」

「那二小姐這麼牛！」

「嗷，嘴真是緊，一絲風也不透的。」

「怎麼知道阿淑芝知道哩？」

「哼！留的信給阿淑芝交她父母的嘛。」

「真的！」

議員家的樓房在望。深棕的魚鱗板，窗子却是東洋式的木欄，漆做奶黃色。兩人話不曾說透。她倒想釘着再打聽一些，阿玉蘭現出匆匆的樣子來。也許要避甚麼嫌，怕樓上那三面開向這邊的窗子，先不定哪面窗子裏發了胃病的議員先生，正往這裏窺探他家下女在跟人外揚着家醜呢。

「千萬不要說出去啊——妳那張碎嘴！」

「也看甚麼事嘍。妳那張嘴才淺哩！」

堆着一臉的歹意，跟阿玉蘭笑笑。心裏笑的是阿玉蘭喫了她的暗虧。她那個混蛋男人，傳給她壞病，還反過來栽她生得淺，鬼話連篇的。

●

把阿玉蘭洩漏的祕密，全部販給公公，仍是不夠的；阿玉蘭跟她說的那些，除了證實外面的風傳，其實說得太粗略，仔細一想，倒有許多漏洞，許多裂縫，要她給補上去，才算有頭有尾。譬如說，議員兩老口都氣得發了胃病，那——阿淑芳挑上的是個甚麼樣的人，惹得老兩口反對到毫無退讓的地步。照着常理說來，婚事談不成，多是在聘金或嫁粧上討價還價。爭到都不相讓時才吹，而堂堂議員家的門聲，不是獅子大開口要聘金，或賠不起嫁粧的人家。再說，也從沒有聽到甚麼人做媒來，只有一回，鄉民代表主席的老媽媽去給阿淑芳提親。阿淑芳給老婆婆碰了一鼻子灰，此外，阿玉蘭那裏從無有關的新聞透露給她。可見討價還價，是斷然沒有的事。那末，阿淑芳這位大小姐，到底是跟怎等樣的一個男人跑了呢？

不等公公追問，她這個做媳婦的就已整裝以待的編排妥當。「是個做兵的啦，長山人嘍。」

「怨不得喏，議員家怎能容得做兵的女婿！」

公公這樣說，是料得定的。記不得甚麼話頭引起，公公好生的斬釘截鐵：「我啊，如有女兒要跟長山仔的阿兵哥相好，看看罷，我把她剁碎餵豬。」

「哼，」公公說：「那個做兵的要倒楣，也不打聽議員先生的大小姐，能隨意勾引麼？」

「就怕阿淑芝也不保險哩。」

「阿淑芝！怎麼了？」公公放下手裏修理馬達的扳手。

「姐妹串通起來的嘛，阿淑芝全都知情，單就是咬定牙根不說底細。」

媳婦手底下揀着豆子，一面應公公的詢問。

說是韓國來的黃豆，成色真差，裏面雜着老鼠糞一樣的牽牛花種，有時揀花了眼，或因兩隻手老作一種無變化的機械動作，便失神的把豆子扔掉，留着牽牛花種。眼前彷彿看到無邊無際的黃豆田——沒見過豆子這種莊稼，只好想作茶園的樣子——開遍紫色藍色的牽牛花。那就叫做韓國。

「這可要好好的提醒議員才行，不可二度。爸你要去提醒提醒議員老公婆倆。」做兒子的說。一手污染的機油。

「這個當然的呀。而外，爸爸還要催促議員，不須顧情面，女兒既不認父親，就要狠狠心，不須客氣，告那個做兵的一狀，叫他知道議員的厲害。」

阿財一胸的正義，如競選演說一般的激昂陳詞。

做媳婦的揀着豆子，不時看看公公和自己男人。父子倆慢慢吞吞的忙碌着，倒像是在消遣，修理着齷齪的電磨機括。汗和機油。浸豆子的酸餿。日頭一輩子也照不到的那個角落，只好把固滿了塵垢的五十燭光燈泡沒晝沒夜的開着。

剛嫁過門來，不習慣這種氣味，老要作嘔。慢慢的聞慣了，好像這氣味也就不存在了。

洗着自己男人的草綠舊軍褲，忽又敏感起汗和機油的氣味。汗餿和浸豆子的餿很近似，遂又引起胃裏一陣翻騰，窩——窩——的乾噦着。這可惹起金生伯婆半好心、半取笑的問她是不是害了喜。

婦女們一時瞎起鬨的鬧着她。草綠卡嘰的舊軍褲，等略略打上了肥皂，那氣味便被蓋下去，心口兒稍微好受了一些。別看電磨間裏那末黑污不見天日，一板板的豆腐出來，比甚麼都又白又嫩。真想養個白白嫩嫩豆腐一樣的胖小囝……。

這可使她心裏一動；說不定的，阿淑芳是不是有了身孕了。要不然，怎麼就那麼急，不聲不響的說走就走了？

這些伯婆伯母的，阿嫂阿姐的，唧唧喳喳分組討論着正有些疑心阿財的媳婦這獨家新聞可不可靠；主要的是想不明白議員先生的這個大女兒，又不曾跟她的爸媽爭過鬧過，到底作甚麼要那麼急急忙忙的偷跑掉。

「一定還有別的甚麼事故啦，妳想想看。」信雄伯母很能見人所未見的，跟金生伯婆提出疑竇。

「怕是這樣，是喏。」

「講不出口嘍，」阿財的媳婦正好趕上當口，接嘴過來說。「再不走，肚子就看得出來了。這樣的事，怎能跟爸媽講得？」

「沒有錯，沒有錯，我也猜着是的。」

「真是年頭不對啊。」

「這要怪那般做兵的，不是好東西，勾引好人家的小姐。」金生伯婆究竟是上年紀的人，很厚道的寬待小輩女兒家。

「造孽啊！這些兵郎……」

「……」

「你們可要千萬小心哪！」信雄伯母通告着那些忙着埋下頭去洗衣的女兒家。「嫁給做兵的，想必是好，不用下田，不用挑水嘛。飯來上口，錢來伸手，多享富貴嘛，可就是喏，打起仗來就好了……」

「哪裏要打仗！不要說打仗；有好價錢就把妳賣了哩。」

「這話有影。」陳寡婦說。

「真是哩，人在福中不知福。」金生伯婆又把話說回來。「這樣隻身跑出去，苦日子一千擔，受氣受罪都沒有訴苦地方，回娘家嘛，也沒有臉面回來是麼……」

「議員搖電話給警察局報案了。」阿財的媳婦這樣說；因為公公昨晚去了議員家，提議去報案，議員不肯那樣張揚。

「這樣的事，只須人在臺灣，藏到哪裏警察都終究查得出來哩。」

「怕也不見得喽，」陳寡婦似乎見識廣一些。「做兵的如若把人藏在營房裏，警察就拿他們沒辦法。」

「憲兵可以。」阿碧的大哥曾在憲兵裏服過兵役。

「那議員跟憲兵說得上話的。」

「連縣長都要怕議員三分的呀。」

「八七水災，憲兵就來跟議員接過頭。」陳寡婦說。「記不記得——一粒梅花的憲兵，很大的憲兵官哩。」

「一粒梅花的憲兵，查起人來定會容易嘛。」
大家似乎都很相信阿碧這樣的斷定。
「哎啊，這個阿淑芳！」金生伯婆冒然的驚嘆起來。
「果真抓回來，議員要把人打死哩，看要怎麼辦！喏，你們這些年輕人，凡事都不細想想怕不怕的。」
「議員就說過嘛，還在很早以前——」阿財的二媳婦感到這半天沒有好說的，似乎漸漸不受重視了。「議員先生怎麼說，妳們猜猜看——議員說，他跟前兩個女兒，不管哪個女兒，不管哪個，要是敢和做兵的長山人瓜葛，就把她剁作肉碎餵猪。」
「哎啊……」
又是一片驚嘆。
「那是說的狠話，」信雄伯母像要出來圓場一般。「虎惡不食子，沒有做上人能那樣的。但就是不打不罵，日子也是難過不是——把議員爸爸的臉拿在脚下踩，哼，不該我來說，一輩子都不要想心安嘍。」
阿玉蘭姍姍的出現在遠處，「哎，」阿財的二媳婦忙着跟伯母伯婆和阿嫂阿姐們交待：「我們這是哪裏說，哪裏完，千萬都不要再跟阿玉蘭提起呦；我要捱她罵死，妳們也都要落怪喏——把議員先生家的事，拿去亂宣揚……」

在村上，媽祖廟也算是較大的建築。

廟有兩進兩廂。廟門前的場子，夠鄰近十幾家晒穀。輪換着晒的時候，一回足可三五家來使用。如是唱酬神戲，即使連鄰村都空了村子來，連愛玉水、烤魷魚、米粉、肉粽種種食攤食車統統擺出來，也仍填不滿這個遼闊的大場子。

晚近，廟頂飛簷上，先是豎起天線，早晚都收聽某家電臺播送的誦經節目，並裝上喇叭，擴音給左近的善男信女，一起來個早課晚課。無大不大的木魚，嘟、嘟、嘟的搥在廟廈的彩瓦上。如今可又加裝了電視天線，足有釘耙長的十節天線。受命看穀子的孩童們，都擠到廟廊裏看布袋戲開打，一陣陣助陣的喧嚷，聞于廟外，把穀子慷慨的留給鷄羣來儘飽的啄食和盡情的泄糞。而家裏的大人們趕來，跳脚儘管跳脚，也只有本領把自家的孩子罵回茄冬樹底下來，廟廊裏仍是客滿如故。但那般在晝間痛罵過孩子的大人們，到晚上一沖過涼，却都趕來看歌仔戲，好似每天必定的晚課；且和廟祝把電視機抬至外面門廊底下，用一式的半片芭蕉扇——其實是棕櫚扇，拍打着大腿，趕蚊子和喝彩。總都要看到唱過「貫徹始終」方肯罷休。

車站那邊，議員家的先生娘，昨日晚間便曾來過，由提着朱漆扣籃的阿玉蘭陪伴着。原是貪圖夜晚人少，比較清淨，不料廟前好像把大半個村子上的人都傾倒到這裏來了。

「撐飽了閒得難過，這些人！」議員太太皺皺眉頭，脚步遲疑下來。

所以今日清早，從冰箱裏取出隔夜的白煮鷄和猪肉，配上兩色水果，再重裝進朱漆扣籃裏，拉住阿玉蘭一起再來。

「總不會再有人看電視了罷——那些閒神野鬼！」議員太太氣虎虎的說。

議員太太是更年期的肥胖。提着陽傘，胳臂胖得好短，越發顯得行色倉促，辛苦跋涉的抖動一身的墜肉。而那背腰處的衣褶，被那沉重的肥臀裏脅着扭動，十分匆忙而韻律的左撇兩筆，右撇兩筆，一直匆忙不停的勾勒着重複不變的筆路。

雖這樣清早，尚未到洗衣和家長俚短的時間，但廟前的大場子上，已有三兩家開始攤穀子，力求攤得薄薄的，平平匀匀的。

議員太太剛一步踏上比平地高個兩尺的廟宅土基，發現信雄伯母也在其中操作，臉上就立呈一種不安神色，笑得好苦的看看阿玉蘭，「真是，一事不遂心，萬事難如意……」

「不怕嘜。」阿玉蘭或許還不很懂家主婆的意思。

「誰說怕甚麼啦！」議員太太好惱的瞪了阿玉蘭。但隨即換過笑臉，應對迎過來的信雄伯母；溫婉的很得體，頗有教養的一副笑容。

「身體這可爽快啦？」信雄伯母拖着竹帚挨過來。「直說要去看看，忙着搶好日頭，總不得閒……」

「哪敢驚擾。小毛病常患的嘍，沒有甚麼要緊。」

「多保重哩。」

「多謝，承關照……」

兩婦人應酬着，都笑得一臉的浮腫。

不到一個時辰，村婦女們又在那排垂柳底下洗衣和家長俚短起來。

阿玉蘭來到之前，有關的新聞已從容的交換過了，「抽到甚麼籤哪，阿玉蘭？」信雄伯母沒等議員家這個做飯的稍稍定下來，便忙不及的探問。

「……」阿玉蘭一時還回不過愣來。

「不是跟先生娘去拜拜求籤了嗎？媽祖說了妳們家阿淑芳的下落沒有？」

「這個啊，」阿玉蘭慢慢吞吞的回應着，一件件從籃子裏取出衣裳下水浸着。「還愿嘍，哪裏甚麼求籤！」

「議員家凡事順心暢意的，還有甚麼愿要許的哩？」家水伯母插進嘴來問。

「競選上了，到今天才還愿哪？」阿木伯母也進攻了。

「又沒有替競選允過愿。不是那回事啦。人家姪子做海員，平安回來了嘛。」

「……」

大家定是很不相信的，你對我，我對妳的偷覷一眼，鼻翅兩側連到嘴角的魚刺紋，可都深深現出來，嘴也跟着撇了又撇。

「議員哪天又生出一個阿姪來呀，第一回聽說。」

「議員沒有姪子。太太也興有姪子嘛。」阿玉蘭不悅的看了又看陳寡婦，半天才想起來要回駁。

「對了對了，有的啦；不是嗎，叫阿奕發的嘛，水寮那邊的，是不是？」

阿玉蘭甩過一個冷眼過去，蝦下腰來加緊的搓洗衣裳。好似要拿手底下的那團黑衣出氣，下力的狠搓着。

信雄伯母好不以為然的皺皺鼻子，跟那個正巧看向她的阿木伯婆打了眼色。一等阿玉蘭洗了衣裳走去，便來不及的大聲大氣的不服氣起來，「嘿，那個阿奕發不是唸大學？怎又做海員哩，騙人也要看日子！」

「就是求籤也不是沒有面子嘍，作嗎要瞞人！」

「求籤不是沒有面子，女兒跟人走了總沒有面子嘛！」

當午的太陽，烈得不容分說的往下降火。

兩個人從車站過來，走過手套工廠門前。女的家常的穿戴，雖比校服熱鬧些，仍還是一派女學生的執意的樸素。大太陽下也不打花傘甚麼的。

「萬一——我是說萬一噢，」男的說：「萬一姑丈把妳軟禁了呢？」男的提着一隻像是女用的手提袋。

「那你們是串通起來的，我還說甚麼？」女的停下脚來。

「不會，我信得過姑丈，我只覺得奇怪，為甚麼妳做女兒的，倒不了解姑丈的開明——」

「可是他答應那個鬼松智伯婆提的婚事，不跟我透一個字，還不夠叫人寒心的！」

「據我所知，似乎不是這樣，是妳誤解了……」

這兩人引起了手套工廠歇工的女工們的議論。

戲院改做倉庫，農會原來的這所不夠用的小倉庫，遂讓一家小工廠標購過來，專門織造那種勞工用的粗棉手套。似乎為了要補償過去終年緊鎖着門窗的那種氣悶，四門大開不算，簷下的通風孔也都敲掉了鐵箆，開大了好幾倍，好讓只有三隻吊扇而實在發生不了甚麼作用的偌大廠房，盡量多得一些天助涼風。

議論出于女工們對這個女學生的羨慕和輕蔑，和大男人走在一起，此其一；兩乳不緊緊管束，反用乳罩兜得那麼高，此其二；這樣一無遮掩的走在日頭底下，晒成黑鬼將來誰肯要？此其三……這些鄰村招來的女工們，寧可張羅便當，冒酷餿之險，也避免三、五分鐘回家的單車路程，把人晒黑了。

只有彩蓮識得這個女學生是誰家的，「兩姐妹生得一樣嘛，簡直是雙生，不站在一起比，誰都認不出阿姐還是阿妹……」

彩蓮這個見識，立時得到聲望。稍遠一些的三兩位女工，都連忙挪移過來，傾聽這個熱門。

「議員家的二千金嘛。」彩蓮受了鼓勵，「姐姐跟人走了，你看，這個做妹妹的怕也是早晚哩。」

從女伴們亮起來的眼珠裏，以及彩蓮她那副得意裏，都能令人覺出，她既是知道這麼樣的祕密，這個擁有火車站、媽祖廟、和國民學校一家、中學一家、百貨店七家、素被高山仰止的大村，竟像是彩蓮所有的了。

但彩蓮還算謙遜——可能也是為了取信，聊起這些，總不忘口口聲聲言出有據的穿插着「我阿婆說」。可是阿婆是甚麼人呢？阿婆又不是媽祖娘，有甚麼了不起，那末就使阿婆和議員太太結拜姐妹罷，這才可以使她金口玉言一般的說一句算一句。

「……一來，懷上六個月身孕了，不能蹲在家裏不見人嘛；二來，可憐那個大小姐，三天一打，兩天一罵，不跑也做不得了……」

「六個月有多大了呢？」一個十三、四歲的女孩，好像怕人聽到的，怯怯的小聲問道。

不知真的茫然，還是自覺女兒家對這些事不宜太見多識廣；六個月的身孕到底有多大，沒有誰搭腔。

「哎，管那個做甚麼？妳聽阿彩蓮講嘛……」

「反正很大就是。」嘴角有顆黑痣的女孩，手在那個十三、四歲的女孩肚子上迅速比劃了一下。「這麼大了，知道罷。」

「不要鬧，死鬼子！聽阿彩蓮講嘛。」

●

摩托車飛快的衝過大街，幾乎是一種招搖的聲勢。

村上唯一的一條大街，實在太沉靜，經不起這種聲勢。

街是南北街，過午之後，街西蔭涼只要過了街心，街西這一排商店的種種活動便移到街廊外面來，乘涼、品茗、修單車，然後是一些夜市的地攤，賣草藥的、賣鋁器和塑膠器的、賣尼龍襪或童裝的……開始擺設起來。

摩托車的吒叱而過，確是驚動了街西這邊戶外活動的人們。

那只是近乎超音速的一瞥，等人們回過愣來，才覺得「那不是議員嗎？後座還帶着女兒。」

那是不錯的，議員和他的女兒。議員的鮮藍領帶，噗噗的風打在左肩上。議員父女倆，人們是這樣的認定，沒有異議。但在大女兒還是二女兒的確定上，有了爭執；若是大女兒，簡直不可能，不過有人咬定二女兒的頭髮沒有那麼長。中學女生清湯卦麵的那種髮式，不大可能那麼飛揚。

然而問題是，兩者都有她的可能和不可能，而事前，實在沒有一個有心人預先等在那兒，密切注意議員先生究竟載的是哪個女兒。

議論沒有得到甚麼結果。有人要打賭，等議員回程時看個究竟，賭半打冰啤酒。誰家生癩的一條瘦狗，拿人開玩笑，低吼着護食，呼呼的吼，害得人急忙朝大街那一頭瞭望過去，以為議員回來了。雖然立時就判斷出不會這麼快。

所謂不會這麼快，大街往北延伸，山村便接上尖豐公路。沿途除了一處軍營，無村無舍，第一個站頭離這裏五公里的鄉公所所在地——水寮，來回再快，總也要一枝濾嘴香菸的功夫。

仍還是快了些；雖沒有誰看着手錶，或者點一枝菸算着，議員駕着摩托車回來了，在人的心理上仍覺快得有些意外。

車速似乎不及去時那麼快，人們一聽見摩托車，就注意看那個方向，這一回可要看個清清楚楚了。也許是這麼老遠的就期待着，才感到車速慢了些。

摩托車實際上是很快的穿過這一帶全村最繁華的鬧區，議員鮮藍色的領帶，依然拍打在肩上。可是被人們注意為焦點的後座上，那裏却居然空無一物。

這太令人驚異不解……。

人們三三兩兩的聚攏來，由于懷疑到的是一種極可能的不祥，這種預感使得人們面面相覷，不大好開口說出各自幾乎有些罪過的猜想……。

「會是麼？……」漢醫春治伯公，似乎仗着自己的地位和歲數，首先發難的說破：「文念祖不是糊塗人。怕另有別的甚麼事故……」然而說來也還是有些吞吞吐吐。

「那剛才一定是他跟前的大小姐了。」

阿木伯放下手裏的單車內胎，另隻手執着銼膠皮的砂布說。他可還不曾忘記先前堅持車後載的是大女兒的這一點。

「絕不會，絕不會……」漢醫忽又完全否定起自己的猜想。

「這也說不一定嘍。大橋頭一連出了兩次事了哩……」

「妳說甚麼？」阿木伯瞪着自家婆娘。

「難說得很……」

往水寮去的公路上，有座水泥大橋，築在兩座丘陵之間。橋下溪水很淺，但在第三座橋墩附近，天氣再怎樣苦旱也涸不乾的一處深潭，那裏幾乎成了村民們公認的尋短見的去處。

「看議員那個臉色，倒是很甚麼……不會是……」

「不興裝做那樣鎮定嘍！」

「是喏。」

「文念祖不是那種人。」春治伯公尋思了一下，還是堅持着說。

「不然那又是怎回事呢？」

「……」

「你們不要亂講啦，等一會兒我去打聽一下就知道了嘍。」參加另一窩議論的阿財，探過頭來說。

「也或許……不是說那個人是個做兵的嗎？也或許就是那邊營房裏的……」

「差不多啦，就怕。」

「難道說，那個兵郎多大的膽哩，敢截議員的歐兜拜，把人搶了去！」
「怎麼不會喏！」
另一窩的議論者，鑑于阿財伯兼顧兩面不方便，遷就的靠攏過來，與這邊的一窩實行合併。
「不一定嘛，也或許言歸于好了，議員親自把女兒送回營房去。」
「噯，這倒有些道理。」
「要是車上載的根本就不是阿淑芳呢？」
「你還不信那是阿淑芳？」阿木伯繼續銼着手上的破車胎，好敵意的瞪着老是不跟他合作的婆娘。
「那——阿淑芝也不是沒有麻煩；不是說跟她海員表哥相好得很嗎！」
「怕不會有甚麼。」
「我看哪——」豆腐店的阿財鑾權威的說：「先生根本就有意把阿淑芳許給她娘家這個姪子。要說阿淑芝，極乖的細妹嘍，萬不會怎麼樣。」
「那也不能保險怎麼樣，我看。」
「妳怎麼說？」
「要是像阿財伯說的那樣，我看喏，那個姪子出海轉來也或許原本要成婚的，人既已跟人走了，先生娘覺着對不起姪子，索性把妹妹抵上……」
「亂講亂講，沒有的事。」
「不一定嘞。」
「阿木伯母也有道理；是不是？妹妹不答應，議員一氣呀，就載去丟進大橋下去哩。」
「亂講亂講。」
「還是等阿財過去看看究竟罷。」漢醫春治伯公一下下撐着鬍梢子說。看出這個老人家是不斷的努力着，一心要把那兩撇八字鬍，給擰成仁丹鬍子那樣的翹上去。
「等喫罷晚飯我就去的。」阿財鄭重的宣佈，面上很凝重的認真着。
從議員家裏刺探回來的阿財伯，被街坊們視作新聞權威人士的迎接，玉美香糕餅店老板想的周到，把街廊下浮設的電燈泡，拉長了花線移到簷子外面，用一根竹竿挑到街邊上，竹竿固定在插國旗的鐵環裏。
「中央社來了！」近乎讚嘆的一聲。
「到底是大的，還是二的？」春治伯婆等不及的問。
「沒有甚麼啦，簡單簡單……」
「等一下，等一下。」春治伯公正喀喀唧唧的在用銅臼杵着藥，生怕漏收了這則重要新聞似的，喊着阿財等等他，一面對配藥的顧客道着失禮。

「簡單簡單，沒有甚麼新鮮。」阿財用這樣的重複來拖延時間，等候春治伯公。「阿淑芳啦，車上載的阿淑芳啦，你們都不知道。」

主張議員先生車上帶的是文淑芳的一派，立刻勝利的歡呼起來。

「那阿淑芳現哩？」

「簡單簡單，去水寮搭特快車下南去了。」

「又走啦？」

「聽我講啦——」

「你們都不要吵吵鬧鬧，聽阿財伯講完嘛。」

「你們都不知道，議員送阿淑芳去水寮辦理戶口移出哩，阿淑芳就從那邊自家坐特快回南部去了。」

眾人靜默了一會。顯然，事情竟如此簡單，簡直叫人掃興。

「可是也不對；沒有那麼快——又辦戶口，又打車票，又……」

「甚麼？」阿財要發脾氣的叫着，好似信用被人栽誣了的不高興。「議員怕人家戶籍課下班嘍，才搶着趕去。歐兜拜一出街還不像飛了一樣！」

「戶籍課幾點下班呀？」

「差不多是四、五點鐘……怕要……」

「夏令時間嘍。」有人逞能的提醒這個。

「那都不須管哩。這阿淑芳作甚麼要急躁躁下南去哩，怕有甚麼……」下面，阿木伯母收住口不說了。或許不是甚麼好話，盡在不言中的咂一下嘴。

「……」阿財顯明的現出有些為難的尷尬，嚥嚥唾沫說：「人家在下邊有工作了嘍，煉油廠，知道嗎？煉油廠，大得很哩。要趕回去上班嘍。」

似乎，這還算令人信服，眾人一時都不作聲了。

玉美香的老板開了瓶果汁送過來，遞到阿財的手上。

「好像，也沒有聽哪個說見到這阿淑芳轉來，有沒有？坐火車的嗎？火車也直接開不到家裏去……」

玉美香老板開了瓶果汁，為的是爭取這個質詢權。不過，人還算厚道，只是問了一圈周圍的人，並不曾那麼現實的直接去問阿財伯一個人。

「不坐火車，還坐水車！傻蛋。」阿財邊說着，邊作勢的往一個一個口袋裏下手去摸弄，要付賬的意思。「坐火車也不要敲鑼打鼓的，又不是歡送入營。這是甚麼果汁，那麼難喝。」

「不要掏錢啦，罵人一樣，錢甚麼哩！」

「要算錢，難喝也要算錢——」
「瞧我不起請你喝果汁嗎？」
「本錢嘍，喫你本錢使不得。」
「好啦好啦，算你掛賬是了……」玉美香老板也像吵嘴一樣的叫喊。
「掛甚麼賬？我阿財伯老爺都是現金買賣……」這一個手還在無謂的空摸着那尼龍香港衫一看就看出裏面甚麼也沒有的口袋。「我還要跟你說……」「你聽我講——」這兩人手來手去的對划着，都想把對方的口封住，專讓自己發言。「我還要跟你說；有沒有，早先同你說的嘍，不錯罷，果然是跟個長山人做兵的相好，八成移戶口是要結婚的，不信，你就試着看好了。你是將本求利，怎麼能白喫你的？要末就是你自家開的果汁廠，我要白喫，便宜你；還要白洗澡哩……」
「好好好，這就是我自家開的果汁工廠，好罷？洗澡沒有那許多，洗洗頭腦毛可以。」
兩人一直胡鬧的爭執着，手膠着在一起。玉美香老板忽出奇兵，把住阿財手裏的瓶子倒過來，果汁灑到他頭頂上。但不很多，幾滴，阿財又把瓶子扳正過來，有那麼一小流打眉際間亮亮的滴下。
「你糟蹋喫食，會遭雷公敲的哩。」

阿財伯這麼樣的跟玉美香老板老是沒有完的廝纏，很顯明的是使人們失望了；刺探的結果，原來就只這麼簡單，人們掃興的散漫着，不再像方才那樣專注的緊緊挨近他。都認為他這人不負責任，藉着胡鬧好逃避問題。

整一瓶果汁喝賸不多少了，阿財一面翹着瓶底灌着，一面謄出口來抱怨這橘子汁又不甜，又不酸，又冰的不夠涼……，等等，分明在惹玉美香老板跟他鬧。這樣的一味逃避，甚至使人覺得他的那點情報也值得懷疑起來，一個個也便索性零星的四散了。

而在不遠處，差不多就在阿財的豆腐店對門，又形成以阿財伯為中心的另一堆人。

「不要聽信那個油豆腐，亂講亂講的。」

阿顏伯搧一搧手，個子那麼瘦高瘦高，手指長得不像人手。「人家文先生算對得起他阿財了，怎麼可以這樣損人利己！甚麼長山人做兵的？長山人做兵的不上酒家，不打四色牌，不靠分家爭遺產，頂天立地有甚麼不好？還沒有婆婆給氣受，妯娌來欺負，做兵的長山仔最惜婆娘啦，有甚麼不好？那個臭油豆腐……」

「移戶口不是要申報結婚麼？」信雄伯母剛從阿財伯的那一組解散到這邊來。

「還申報地價哩，結婚！」高高的個子猛轉身過去，像在客運巴士裏被陡然剎車給摔向前去一樣。

以為這個壞性情的阿顏伯一氣走開了，却又在兩步外轉回來，吵架似的咧着嘴，咧了半天，「結婚也該結的嘍，有甚麼不可以？也不犯天條，等着看甚麼？看笑話？那個臭油豆腐，真不該的……」

眾人相覷着，似乎沒有一個人見怪這個阿顏伯的脾氣。他是議員家請去看山林的，防人盜林，所以責任很重。大家都仰望着這個瘦高瘦高的長人，等着他，很有信心的等着他那裏更權威性的議員家的新聞。

阿顏伯劈里叭啦發了一頓阿財的脾氣，手裏捏着枝香菸，眼睛一眨一眨的瞅着那半截菸蒂，半天都不聲響。也不知道他心裏想着甚麼。

人們指摘阿財的那些話，並沒有甚麼人傳話給他，真叫人疑心他是躲在阿財那一堆人的外圍親自聽來的。但是那樣的不諒解，似乎可以斷定如果他是親自聽來的，也必然到得晚了些，只聽到了話尾那麼一點點。

可是他那麼高的個頭，能躲在外圍偷聽阿財伯的話柄，而沒有被人發覺，倒也是夠奇怪的。

眼睛仍然一眨一眨的，等不出他的下文；菸也快燒近指頭了。

「也沒有那麼急躁躁的，怕是啊……肚子給人看出來，我就是這麼想……」信雄伯母嚅嚅着，像是怕人聽了去，又像怕人聽不到。

這使阿顏伯大眼瞪住她。由于並沒有轉動他的頭，致使那一對瞪着的眼睛，翻出好大的眼白。在不是正面的燈光餘暉裏，那白裏幾乎灼灼有劍光，寒寒的莫測高深。一時局面頗顯寂然。

●

「死阿顏，還拿白眼珠瞪人哩。我就說，猜的不錯嘍，要不，怎麼死氣巴拉的光瞪着眼白說不出話來嘍，是罷？」

信雄伯母問了大家一周，最後瞪住陳家的那個寡婦，「啊？妳說我這話對罷？對不對？」好像就相信定了這個寡婦是她的基本票。

「說的是喏。妳聽那阿財伯瞎編排！還甚麼要趕回去上班，上的甚麼×班，肚子大了還上班？」

「是喏，就是怕多逗停了時日，總免不了要被人看出，瞞不了人的。」

「有道理的。」信雄伯母手上染着肥皂沫，用手背往上推了推垂下來的髮綹。「說是過午坐火車來的，怎麼沒有一個人看到？車頭上那些攤子，我問過金池了，金池就沒看見嘍。不知打車站那邊怎麼偷偷摸摸潛回家裏的哩。」

「是嘍，還不是怕人看到肚子！」陳家寡婦嘴撇得好沒有邊際。

「還煉油廠哩，騙鬼才相信。」

「下邊可有甚麼煉油廠麼？」金生伯婆問。

「哪裏有甚麼煉油廠！」信雄伯母發狠的猛搓着衣服。不知是誰犯在她手底下，那麼氣虎虎的蹂躪着。還用力打上肥皂。火上加油的味道。

「有嘍，我阿姑丈就在高雄煉油廠。」不識相的阿招，可也得到參政機會的搶着說：「前些時啊，我姑丈——」「妳哪知道那麼多！」阿招喫了信雄伯母這麼凌厲的一瞪，噤得不敢出聲。

「不是說有個做海員的表哥轉來嗎？怎麼不叫做表哥的騎歐兜拜送呢？裏面定有文章啦，妳們不信！」

「還用說！」信雄伯母扭過頭去，嗾的一聲，擤了一通鼻涕，好決絕的摔掉。臉轉過來時，還一臉的不屑，抄一掬清水沖了沖擤過鼻子的手。

●

一池淺水，開始有薑黃薑黃的柳葉飄落其上。一條條遠洋作業的漁船，雅雅的飄浮着。

說不上有甚麼嚴冬的味道，水却冷得有些扎手了。

幾個婦女停下紅紅的雙手，幫着松智伯婆打撈失手漂走的一件衣裳。只因不曾協調好，撥水的撥水，往自己面前摟水的摟水，以至那件皺不楞登，看不出是衫是褲的衣裳——倒像一副猪肚呢——那末慢性子的滯留在池中央，拿不定主意要向哪邊討好的漂過去。

一個個熱心極了；看得出來，一個個都是在看松智伯婆高居鄉民代表主席的老母分上。當然，松智伯婆很少會到這裏與民同樂的洗衣裳。年紀且又這麼高了，不可不多照顧一些。

「我來，我來……」阿碧仗着年輕，褪下拖板，捋捋裙子就要下水去撈。

「做不得，做不得，水太冷——」松智伯婆厚道的制止着。

「不怕啦。」

「聽它漂罷，阿碧，漂不到紅毛港啦。」

阿碧還是言出必行的伸出赤足試試涼，誇張的尖叫一聲，踏進水裏去。

眾人看看阿碧凍紅得像生了癬的脚，看看松智伯婆，等着後者發佈最新的新聞。看來，這位鄉民代表主席的媽媽輕易不來這裏洗衣，來了就必有緣由；方才剛起了頭，只顧廣播而把衣裳失手，真是吊人的胃口。眾婦女這樣的看看阿碧壯行，又看看老人家的歉色，也算一種極得體的催促。

松智伯婆連聲的道謝着，接過那副猪肚，好似劉備摔阿斗給趙子龍看看的那樣，採到身旁的一塊石頭上，一輩子也不要理會它了。「看我這記性！」提提稀得等于光了的眉毛，「剛剛我講甚麼啦……」

「大太太從香港來了哩。」

「是啦，是啦……」婦女們一致和聲。

「唉，有這麼大歲數了，記性不中用了。」松智伯婆可又憐惜的顧盼一下身邊那件猪肚似的濕衣，不禁生了惻隱之心。「說是打香港來的；想一定是大陸逃出來，逃到香港，又從香港過來的。」

「早說過嘍，這些做兵的長山仔，都是在大陸老家討過婆娘的。看罷，果然沒有錯。」信雄伯母得意于自己的料事如神。

「好冤枉呀！那阿淑芳怎麼辦呢？」咂着嘴。

「唉！好冤枉嘅。」

「議員的小姐，你看，做人家的小妾……」

「做小妾還算好，被攆出來啦。」依然是松智伯婆的權威新聞。

一片咂嘴和歎氣。

「冤枉啊嘞，算算也快養了罷。」

「不會罷，沒有這般快法。」

「也差不多啦。」

「真是！挺着大肚子，作孽哩。」

「不要打岔，不要打岔，」金生伯婆出來維持秩序，「聽松智伯婆講啦。」

「也沒有甚麼要講的。不是趕出來了嗎？總要過活不是；冤枉啊嘞，能做甚麼呀？——」

「不是說在煉油廠麼？過得很如意不是？」

「甚麼煉油廠？撞球場！」

「要命，還說是煉油廠哩。」

「在撞球場做甚麼？」無知的阿招，怯生生的問了一聲。

「那還做甚麼！做算球仔的小妹還不是！」

「冤枉！」又是惋惜與感歎迭起。

松智伯婆滿意的看看這些老姐妹、小姐妹，好似都是從她這棵老樹幹綿延生長的滿堂子孫一般的福氣。

「還甚麼小妹，阿母嘍。」隔半天，陳家寡婦冷冷的啐了一口。

「人哪，那是生得很靈利，又唸了大學，不能不說是知書達理，是不是？」松智伯婆長長的歎口氣，好半晌接下去——不知怎麼要慨歎這麼久。「以前，不是我這伯婆給她說過媒嗎？多好的人家，美國留洋的，年紀又輕嘍——如今這個做兵的大她十幾歲哩，笑死人——她又沒有見見人家的面，怎麼知道人家生得多體面！一口就回絕了，害得我這張老臉不知要怎麼放。好喏，人家今日開了大公司、董事長、汽車洋房，闊氣的不得了。嘿，這如今被人大太太攆出來，隻身在外，一定後悔怎麼早不聽我這伯婆一番好意，夠她後悔死啦……」

「說真的，轉來算了，免得——」

「怎麼有臉回來！」信雄伯母衝口就出，似已早就備好了答案。

「如今也算甚麼——也算討回伯婆妳這張臉來了。」

「不會啦；我這張臉算甚麼！——不算甚麼，老臉早就不要了哩。我難過的還是這女孩家好生的福氣不享，落得外鄉受苦。」

「還算沒被那個做兵的賣掉哩。」

「該聽妳松智伯婆的。聽妳的就好了。」

「還用說！她若聽我這個好媒人的，今日不是董事長太太了嗎？人哪，生的薄命，也是拗不過命的。」

「這真是把妳伯婆的一番好心給——給——」

「甚麼說的哩。老話說得好——不聽老人言，喫虧在眼前……」

乾冬是把勤快的掃帚，大街上給清掃得一根草葉兒不留下。好像省主席要來地方上巡視的樣子。

愛乾淨的漢醫春治伯公，還是手不釋卷一般的離不開那把半禿的棕櫚掃帚。街廊底下東掃掃西掃掃的。一手提着長柄塑膠畚箕，隨掃隨掇進畚箕，店門左邊和右邊都掃過了界。

如每天之中不知要招玉美香老板道過多少次：怎麼可以這樣哩——杖仔倒過來啦……這兩天來，不聽不聽的，一天也聽到十來回：議員家阿淑芳轉來嘞……

從一些目擊者不斷的作證，阿淑芳千真萬確的是回家來了。

但問題在阿淑芳這個私奔的大小姐是以怎麼一個方式回來的。

照來買人參、蓮子等做四神湯給老兒子進補的松智伯婆所透露的新聞說：

「不是嗎，原本被大太太攆出來，無法聊生，去當撞球場算球仔的小妹。好，當着罷，餬口還是可以。就是久了不行；去撞球場那些不正經人，要找年輕貌美的小姐呀，那怎麼行！挺着大肚子像隻大臭蟲，別吓死人啦。好，把人家撞球場生意都冷淡了，自是被人家辭工。看看罷，走投無路了罷。放着董事長的太太不做，去做做兵的小妾。沒有活路了，只有老着臉轉來。」

「說起來，冤枉，還是做父母的不嫌棄哩；千不好，萬不好，總是親骨肉嘜，沒有話說的，轉來就轉來罷——浪子回頭金不換不是嗎……。」

「好，說來也叫人笑死，知道麼？議員太太還偷偷來探聽：松智伯婆，妳老提的那門親事，今日還做得麼？笑不笑死人，你們說……。」

比較饞嘴的阿木伯母，總常走來隔壁的玉美香家喫碗花生仁湯。說是天冷，花生仁湯驅寒的。

聽了春治伯公拉着棕櫚掃帚，把鄉民代表主席老媽媽講的這些傳話過來，阿木伯母嘴裏咬着湯匙說：

「還不是做媒碰了一鼻子灰，冷話還要掩到今天說，也不怕餿酸。別的我不知道，不敢亂講，人家阿淑芳何曾大着肚子？不是親目所見，我也不能這麼雲霧不清的亂講。不要聽信那些空心話……。」

「哎呀阿木伯母呀，沒有肚子也不能見證怎樣；」玉美香老板娘織着桌巾，贍出鈎針來指指點點說：「這世道，妳還不知曉，有了肚子也挖得掉——挖耳屎一樣，簡單。年輕人都不拿這當一回事了，妳還蒙在鼓裏。」

「知道呀；挖是挖得的，聽說要前三個月才做得，過了就拿不掉了——」

「那不許老早老早就挖掉的嗎。就是過了三個月也一樣。單怕身體要喫虧是真的。春治伯公你說呢？」

「豈止喫虧！」老漢醫停下棕櫚掃帚，側過來臉凶狠的說：「要不送命，除非是貓咪，有九條命。哼，亂搞，正經的還是我店裏現成的藥方靈驗嘿……」

「光光的轉來是真的，只有一隻小皮箱——說不定還是跑走時，從家裏帶去的。你不信。」

「很新的皮箱哩。」阿木伯母把花生仁湯喫得連碗都要啃下肚的那般徹底。很長的舌頭舐了上唇，又舐了下唇，一遍一遍的。

「千萬不該的，做兵的老公要送回來才是道理嘍。」

「那才了不得，議員先生要是抓住，定打個半死。」玉美香老板跟在他婆娘後面，很婦女的樣子拍手打掌的。

「怕也不敢的。」阿木伯母打腰裏摸出好幾個鎳幣，揀出最舊的一個付了賬。「不夠爛哩。糖也少了，你們。」指着那空碗。這樣的挑剔，老板兩夫婦只有不作聲的聽着。

●

議員家大小姐之沒有身孕，連續有目擊者作證。這已不值得大家議論。而這種中止議論，並未能證明阿淑芳怎樣；玉美香老板娘推斷是打了胎，算是中止議論的原因之一。松智伯婆有了新的消息，孩子是生了，帶不回來，又養不起，就送人了。這是可信的，也是中止議論阿淑芳有否身孕的重要原因。

消息傳到媽祖廟晒着太陽等候電視開播的人們這裏，已有進一步發展：「身上穿戴得好派頭吻，新皮箱，又是一大包的甚麼禮物，怎麼會很闊氣呢？」金生伯婆問着四周的人。火爐籃子藏在襖底下，把肚子撐有七、八個月身孕那麼大。

她這樣一再的問着，大家很樂觀，都相信這金生伯婆定有自備的答案。「全身都是新的呢，就是頭髮沒有做，還那樣直直的，比以前長了，也不盤上去，瘋子一般。做頭髮只要有限的錢，做不做都不怕嘍，是不是？全身一新，還有大包小包，哪來那多錢，知不知道？」

人們興趣被吊得很高很高，催着金生伯婆帶來的內定答案趕快宣佈。

廟裏揚出樂聲，電視開播檢驗圖了。平時，檢驗圖也要看。但在兩者權衡之下，金生伯婆的下文比較是重要得多。

「阿淑芝講出來的，我家阿雯在學校裏親耳聽到阿淑芝親口講的。親妹妹親口講的還不信麼？猜是怎樣，生的是兒子，好樣的男孩——」

「我說的沒錯嘍！」信雄伯母尖聲叫起來。

金生伯婆收緊了下巴，佯做不高興信雄伯母這樣打橫裏攔截。
「妳聽伯母講嘛。」信雄伯用這個責備，代替了道歉。
「賣啦？」阿碧的姑婆捺不住性子，衝口出來。
「……」金生伯婆小半晌不作聲。不過大約看在一點甚麼份上，不好發作，臉孔又陡的開展了，擠眉弄眼的笑得可憐，「誰都沒有妳的鬼靈精！」
「猜對了！」一個小男孩恰是時候的冒出一聲來。
接着便是一片的惋歎：「冤枉，頭生的兒子哩！……」
「賣了不少的錢罷？」
「……」金生伯婆瞄着問話的阿獻哥，用一種瞧不起小輩的蔑視，啐了一口。「夠你半個棚子的洋菇價哩！」
「哇，真能養，一養就是三籮洋菇！」
「值你半甲的蘆筍嘞，丟你的……」
不知為何，一時大家都為此興高彩烈起來，胡調的彼此取鬧着。並且相打，把蹲着的人推倒在地上，以此取樂。
「嘿，把阿春喊過來問問罷。」
信雄伯第一個發現交班回家的火車站站長，手提着小花包袱打坡下的小路往東去。

「咳，阿春哥，過來過來……」

也有喊阿春伯的。

站長駐足下來，仰臉望着這邊，用一隻手攔在耳朵後面，想聽清廟前的人們喊他作甚麼。

●

阿春哥提供的確息，把過去許多報導都弄得動搖了；議員家大小姐是從臺北下來的。

這給許多人找來一些小麻煩，盤算各自的圓說，或考慮新聞來源推給誰。關于議員家大小姐逃家後的種種新聞，顯然因此而攪亂了不少的秩序。這個一直是村上頭條新聞的有關評論，便從此異樣的沉寂下來。

大家開始轉移目標，說起天氣。電視氣象報告，天氣是晴朗的。可是看看罷，天上一堆一堆的重雲推過來。白的雲架牀疊屋的擁塞着，擠抗着，雲色只在轉眼的工夫裏，灰下來，且黑了下來。

總是出于冬季裏不大換洗衣裳的緣故，垂柳也禿了枝柳，一池淺水瞧着冷進牙骨，遠沒有夏天那麼可愛了。夏季的繁華已逝，那個已成了一個班底的村婦女們，總是文齊武不齊的來不齊全。又因各通訊社所曾發出的報導都有了不實的嫌疑，便都避而不談，新聞中心就在這些因素所促成的一種默契中，轉移到了媽祖廟前。

人們在等着電視開播的空閒裏，瞪着濛濛細雨的鬼天，總算找到話頭，不至過分的緘默令人難忍；罵罵電視臺的氣象報告太拿人開玩笑，一面訴苦醃肉和香腸還需要幾個太陽。忙年是互相通問的應時題材。阿秋家在接受議員太太的委託，要磨上兩牀年糕，比往年多一牀。

但這樣送到嘴邊上來的材料，像信雄伯母一般人，也都存心的迴避了。

●

村上馳來一輛吉普車，走大街上穿過。

對于大街兩旁的店家，這是不能不議論的新聞——而且已經不是耳聞了，如電視新聞的報導一樣，有目共睹的。

不消說，這吉普車明明是到村裏來的了；若是路過的話，必然是走村北的尖豐公路才是。

放寒假的國民學校小學生，一下子十來個跟着追上去。吉普車開的不快，幾個腿健的孩子差不多伸手觸到了車尾。

第一批探馬回到大街上來，被人們攔住探問。探馬噴着粗氣猛喘。吉普車停在議員家門前，車上下來三個軍官，一個兩條槓槓，一個兩粒金梅花，一個一粒金梅花。

「兩粒金梅花先下車的。」另個小學生一旁糾正說，也是喘呼呼的，一句話分三段才說完。

「是喏，兩條槓槓最後下車的。」再一個附和着，並且補充着。

「不對，開車的阿兵哥才是最後下的車。」

「走，再去看。」

大人們興趣高昂起來，對于這幾個小學生該是最大的鼓舞，便更加亢奮的重又呼嘯而去。

天是飄不完的濛濛細雨，敏感的柏油路潮得黑亮，那些泥土則還是乾鬆的。

第二批探馬為數不多，只有兩位。玉美香的門廊下蝟集的人們最眾，探馬便在此處下馬。

「車上下來一個兩粒金梅花的……」喘息不似先前的一批那麼劇烈；彷彿成正比的，這樣的報導也不似先前的那麼發人興味。

「軍人？到議員家作甚麼？」

「自然是軍人。」

「甚麼××！」阿木伯喝叱着，髒手裏修着車鈴。

「不是啦，議員的客人嘍，」白淨些的這個小學生，看來一副很穩的神情。「議員兩老兒都出來迎接着，高興要命，你沒看到。」

大人們面面相覷的在猜想。

「還看到甚麼？」春治伯公問那個白淨些的小學生，俯下腰來仔細的看，「你是陳春雄的孫兒罷？」

「……」三個小學生笑着互相看看。

「不是啦，」玉美香老板說：「阿彥哥的兒子嘍。」

白淨些的那個，有些害羞的點點頭。

「伯公問你啦，還看到甚麼沒有？」玉美香的老板娘桌巾還不曾鈎好。

三個孩子都瞠目了。

「議員有甚麼做兵的客人喏？」

「嘿，你都忘了，八七水災時——」

「那是憲兵啦，後來也沒有來往嘍。」

「不是憲兵，憲兵這裏有蓮花嘍，」懸着鼻涕的小學生指着肩臂分辯。「我看的最清楚喏，兩粒金梅花的那個，領子上是金金的蝴蝶；一粒梅花的，是車輪和鑰匙；兩條槓槓的，是……」

「紙鳶啦，方方的那一種。」

「也像蜘蛛網嘿，四方的蜘蛛網。」

「菱形的啦，哪，這個樣子……」白淨的孩子，兩隻手的大拇指和食指對着比劃。

「蝴蝶是甚麼喏？」春治伯公不耐煩的攔着孩子問。

「……」沒有人知道。

「是不是空軍喏？」手裏拿着一瓶蕃茄醬的男孩，怕被人恥笑的，一旁細聲細氣的問了一下。

「不是啦，空軍肩膀上相當多的槓槓。」小學生猛抽了一下鼻子，斷然的否定了買蕃茄醬的。

「怕是來交涉阿淑芳的事情啦。」玉美香老板忽然有新發現的喊起來。

「咳，差不多。」

「不是說，議員兩老兒極高興的迎接麼？」

「是啊，兩老兒怎麼高興起來喏！」

「來調停事情嘍，裝也要裝出高興嘍。」阿木伯說話十足的婦人腔；若是不見他人，只聽聲音，真想不到是個老漢子。

人們既認為這些小學生只能供應這麼殘缺的一點線索，實在不夠用，便把孩子們撇開，自成一團兒研究和推斷起來。

但第三批探馬又跑回來兩個，必定有好消息罷，其中之一忽的跳水一般，貼地向前跌了好遠，這一下跌得不輕。

「搶命啦，山猴仔！」孩子的媽媽大罵起來，罵着跑過去。

而這樣的一停留，探馬乃被攔在郵局那邊，一時間圍上去好些人。

消息輾轉傳來，那個兩顆金梅花的，「阿淑芳的老公啦……」這實在叫人難以相信而又必須相信的；因為從車站堆積的木材上，可看到議員的庭院，兩顆金梅花和阿淑芳手攙着手，在看庭院裏那株開得好好的白茶花，一面說說笑笑的。「哏，不怕見笑！」小學生似懂非懂的嘲笑起來。

●

阿彥伯從山上拖來一鐵牛車的馬脚，那是相思樹炭窰燒成的一種介乎木炭與木柴之間的燃料。議員家每逢過年就需要大量的這種馬脚，用來燒種種年菜。

一如阿彥伯給議員家運來那麼豐盛的燃料，阿彥伯也給村上傳來好豐富的新聞，而且被公認為是可靠的消息。

議員沒有請一個選民喫喜餅的這個女婿，是在總統府裏供職呢……。

來頭這麼大，村民們肅然了。

「兩粒金梅花的？」還有人需要求證。

阿彥伯瞪瞪眼睛，「兩粒？四粒嘍。」

大家眼睛瞪得比阿彥伯的還大。「不是啦，」拖鼻涕的小學生搶着分辯說：「一邊兩粒，算兩粒啦。」

阿彥伯齜出一口很長而不很齊全的牙齒，「那不是四粒！山猴子，大人家說話你插嘴。」

「好啦，四粒。」春治伯公年紀雖大，牙齒却沒有阿彥伯的那麼老。「這個日子來，要怎麼樣呢？要訂日子辦喜事麼？」

「喂，天有多早啦，還辦甚麼喜喏。人家早一百年就在法院公證結婚了。你都知道人家這一來作甚麼？——都不知道罷！」

「怨不得議員要大官一樣迎接喏。」

「甚麼呀？接甚麼大官呀？」看來阿彥伯起碼脫落了三顆以上牙齒。「一點官樣子也沒有，真客氣，還喊我阿彥伯嘍。見了生客臉都紅的。」

「心裏有病嘍，臉紅！」外圍的信雄伯母，像自己說話的那麼細聲。

被眾人圍在核心的阿彥伯，本就是個大個子，現在越發的像座八卦山的大佛像。議員的新女婿嘍，據他說，要在這裏盤桓十多天。每天清早縣政府的廖秘書要來這裏會頭，一個鄉一個鎮的去跑，要帶着總統的信，去到每個遺族家裏去拜訪慰問，發給過年用的一千元。縣政府則發米穀代金，留守處發撫恤金……。「全縣十八個鄉鎮，人家要跑十七個，真叫辛苦喏。」阿彥伯滔滔的說，兩嘴角聚了兩團白沫，也是牙齒不齊全的關係。

「那我們都有沒有錢呢？」阿木伯母舐舐嘴巴問。

「啊？這個錢妳也想要？」阿彥伯差些要跳起來。「人家是做兵打仗死了才有。你個貪嘴婆還想要總統請妳喫花生仁湯喏！沒見笑。」

「那我們全縣有那麼多打仗死了的？冤枉！」

「沒啦，也有練飛機跌死的嘍，也有八七水災救人淹死的，聽說頂多的還是金門砲戰打死的啦……」

「那──上林村的張……張甚麼……」

「有啦，有啦，」阿彥伯慷慨的接過阿清哥敬他的一枝新樂園，看都不看一眼，不知有多當然的一副神情。「人家就是剛從上林村那邊張全盛家裏來的嘍。」

「是喏，是喏，張全盛，極熟的名字倒忘了。」

「張全盛怎麼哩？」金生婆準備着這就要悲戚起來的樣子。

「張全盛沒有怎麼啦，張全盛的三兒子嘍。」

「是喏，做海軍的啦，受了重傷還打沉一艘魚雷快艇，你都沒有看報紙啊。」阿清哥神氣活現的說：「也是金門砲戰的時候嘍……」

●

少見的好天氣。年前有這樣的大晴天，人們比過年還來得精神。垂柳雖是根根枯條，仔細的看，便發現那些芽苞已在膨脹，彷彿只出了一上午的日頭，就有這般好景。一池淺水也有兩分溫意了。

就如同太陽久未出面的稀罕，池邊的記者招待會也是半停頓的狀態很久了。這真是一羣先知春江水暖的鴨子，嘎嘎嘎嘎的歡嚷成一片。

阿玉蘭來臨之前，村婦女們已交換了許多有關議員家的新聞。關于評述部分，松智伯婆——這位鄉民代表主席的令堂，針對着那輛吉普車，曾有一番服人的高論：

那阿淑芳坐火車轉來，不和她老公一道坐吉普車來，顯見得小夫婦情感不很好。別看那輛車來來去去的跑，卻從來不留在議員家停過一宿，可見車子絕不是那個做兵的長山仔的。

根據日前所見，阿淑芳由她那個海員表哥駕摩托車載去水寮看同學，這裏面文章太過難說了；要不是長山仔的夫婿根本不管事，就一定是和她海員表哥情感斷不了。阿淑芳若是這樣的亂七八糟，那末幸虧當初那個媒沒做成，不然的話，才叫對不起人家董事長哩。

就算吉普車是那個長山仔的罷，那跟人家董事長的轎車還是不能相比的。

……

一席高論，說得村婦女們心悅誠服，沒有一點異議。阿玉蘭來了之後，大家像要封鎖她一般，只管扯些別的，不大去理會她。

「走啦走啦，」松智伯婆收拾起簡單的幾件小衣，提着洗衣籃站起來，跟大家招呼着。「阿玉蘭呀，你們家大小姐好罷？」

「怎麼不好喏，唱着過日子。」阿玉蘭傻傻的笑着。

「過的好日子？」松智伯婆笑裏羼着醋似的。「好日子該發胖嘍，怎麼那麼瘦哩？」

「……」阿玉蘭給問得愣住了。

松智伯婆走在耀眼的陽光裏，好有福氣的那種步態。

阿玉蘭還在目不轉睛的瞪着那老阿婆的後背，人是傻瓜一樣，半張着口。

嘻嘻的一些竊笑，也都沒有驚擾到這個傻女。

「甚麼意思啱……」她跟自己說。

「妳過來我給妳講嘜…」阿財的二媳婦似乎看不過去，輕聲的喚着阿玉蘭……。

「甚麼意思嘜……」

阿玉蘭還是不解的，一張一張的臉孔看過去，想在那一張一張忽然生分起來的臉上，找出甚麼來。

一九七二年三月一日

附錄

評介

那個現在幾點鐘

——朱西甯的新小說初探

張大春

〈現在幾點鐘〉是朱西甯在一九六九年十月完成的一篇小說，敘述一對維持著索然情欲關係的表兄妹在一間斗室裏拌嘴、調笑、打鬧和鬥智的過程。它的結尾是這樣的：

「現在幾點鐘？」我問。我的錶到現在還沒有對時。

「二十世紀，七十年代……」她喘吁著回答。

時至九〇年代，才回過頭來討論朱西甯二十多年前的作品，使我不免有遲到的歉然之感。在這二十多年之前，從報紙副刊到論文學報等文學媒體上幾乎看不到任何有關朱西甯作品的重要研究或評論；即使有，也泰半著眼於《狼》、《鐵漿》（一九六三）、《旱魃》（一九六七）等早期的作品。朱西甯受到文學批評家的冷落卻不能使他免於被貼上顯著的「路線標籤」，他和司馬中原、段彩華向例給冠上「軍中小說三劍客」的諢號，他的作品被編入「戰鬥文藝」、「反共文學」之林，他的活動（如創辦《三三集刊》、與文藝青年的接觸、傳習和聚會，以及和那個被很多人稱為「漢奸」的胡蘭成的交往……）也被泛政治化地披染上一層集團性色彩。凡此種種，都使六〇到八〇年代之間朱西甯的創作失去接受進一步孌掘的可能。

二十世紀七〇年代的台灣文學界籠罩在一種「本土自覺」的氛圍之下。「台灣社會的諸般現實」非但是大量敘事性文學作品的真正主角，也成為各種不同意識形態的爭議焦點。無論是出於一種對長期以來的「政治／文化」體制之反動，或是意圖尋求某一族群價值之認同，「台灣」都不再只是一個地理名詞。在使「台灣」一詞富有更複雜的歷史意義和社會活力的過程中，寫實主義的美學觀點和小說這一門藝術形式得到了相互寄託以迅速發展的機會。從技術層面看，這「共存共榮」的兩者為七〇年代以降的台灣文學作品帶來了積極的刺激或影響；廣泛地「取材於社會現況」似乎為台灣小說找到了植入十九世紀中葉以後歐洲文學主流傳統的介質——在那個偉大的傳統裏，狄更斯、福樓拜、屠格涅夫和托爾斯泰「示範」了小說此一體制的藝術性必須築基於其社會性之上。於是「豐富作品題材」便擁有了非止於技術層面的美學價值，而同時蘊涵著「關切社會」、「暴露社會問題」等道德和政治的理念。倘若作品不能明顯地呈現這些理念，抑或明顯地抗拒這些理念，則往往錯失了批評家的青睞。朱西甯在四十歲（一九六五）之後所寫的許多長、短篇小說就是在這樣一個氛圍之下被「遺忘」的。

一九六五年發表於《聯合報》副刊的〈屠狗記〉大約是《狼》、《鐵漿》兩個集子出版（一九六三）之後最具代表性的新作。內容敘述一個瞎子了一隻眼的拾荒老人「十不全兒」試圖誘殺一條三度前來投奔的熱情黃狗的過程。這是一部典型的現代主義小說——通篇大量的意識流技法和結尾處黃狗「又活過來了，衝他搖尾巴，那麼友好的搖著，……」而讓「十不全兒」得到了感悟（epiphany）以至於放下屠刀；十足展現了有如喬艾斯（James Joyce）的凝練敘述風格。然而，〈屠狗記〉中也有破意識流之格的筆觸，這些破格的筆觸可以視為朱西甯日後許多新小說之作的先期演練。在下面所舉的幾個例子裏，朱西甯刻意度越了意識流手法所經常寄寓的敘事觀點——雖然這些部分在整個文本結構之中並不顯眼；毋寧以為朱西甯反而是在這一類破壞所謂敘事觀點的細節中「發掘」了不同於傳統小說的敘述魅力，並且在日後的作品中展現了這種魅力。

河摟著這個城市，箍這個都市成島。

可岸上這一式的碉堡，說不上像雨後乍晴的菌子那樣盛；總也是菌子形狀，而且也真的夠多。

戰機不在河的對岸，在海的對岸。

構築這些工事的那個時期，戰機就好像是在河對岸一樣近。十多年下來，戰機一直遠在海的對岸罷？現在則已從人們的感覺裏滑向一個遠方了。

遠去了，可以發誓的說，真的遠去了。

而在人們的感覺上，人們的夢裏，僅僅散發著、飄落著麻痺之菌——而不是菌子。

夾在違章建築中間彎彎曲曲的小街上，塞著炊煙和板車、和三輪兒、和追逐的孩子們、和蹲在屋簷下不要動的勞工們。盡都是違章建築物，年年淹水淹不走這些菌一樣高度繁殖的人口，只有十不全兒住在國庫撥款營造的不違章建築物裏面。

能看出那兩片紙角，雖已暮色很沉，一片似是某一號候選人發表政見的招貼，另一片則係過時的廢報，兩行二宋正題，單行三號方體的副題，是說幾號的太空火箭升空了，大約便是那個意思。

第一個片段的感傷語調、第二個片段的抽離視野以及第三個片段中絕不可能出自「十不全兒」其人理解之「兩行二宋正題，單行三號方體的副題」者流之夾議，都足以顯示朱西甯破壞敘事觀點以展現敘述魅力的企圖。一旦這種企圖強烈到某一個程度，傳統小說中慣常講究的許多元素都將退居次要的地位——戲劇性的動作或情感衝突、寫實性細節的描摹準確與否、角色個性和性格的統一性、情節布局是否緊湊嚴密……等等，都可以不再是作家關心的問題。

〈屠狗記〉完成之後整整一年半，朱西甯寫了〈三千年的深〉。這似乎是一個比〈屠狗記〉更「簡單」的故事。在軍醫院擔任藥師的年輕人梁某病重，等待騰空的床位，當某「重要軍職將校」病故讓出床位給他之後，他又渴望著回到單身宿舍去。朱西甯並沒有像那些浸潤於心理分析科學而後舞弄意識流技法的小說家一樣讓這位其實很可以在病榻上「回憶往事」以暴露其「身世背景」的「梁司藥」提供給讀者太多的「生活經歷」或「內心世界」。相反地，讀者非但不知道「梁司藥」屬於哪一個「現實社會」、擁有什麼樣的「身家歷史」，甚至連他的面目、病情都不清楚。我們甚至可以因之指責朱西甯「沒有深入處理一個人物」——然而事實上這也是朱西甯曲折微妙的用意所在：「梁（諧音涼，死人屍體的溫度）司藥」從來就不是一個雷同於一般小說主角的活人。他只是作者借來展示「不甘就死」之意志的一具軀體而已。也正因為「梁司藥」只是所謂「生之意志」的表徵，而非「鮮活的生命」，作者也就更方便地擺脫了諸般關於「人物塑造」的創作規範，從而展現了「敘述」本身的活力。例如：

> 誰個放在窗口沒倒掉的洗臉水，反射一團光暈貼在沒有天花板的屋脊。太陽的靈

魂掉落在那兒。那光暈可以浮動的；日蝕過去了，眼睛忽然寂寞，便搖晃面盆，看整團的光暈反射在屋脊上合久必分，分久必合的撕扯不清。屬於兒童的趣味。遠去了。

屬於病人的趣味，挺在單身宿舍裏的病人，眼睛敢情比日蝕過去更寂寞。而且更饞。來個什麼人罷，不要開水，豆漿，或者實習大夫的注射。燒是退不了了，要什麼都抵不上用，誰來幫忙動一動那窗台上的臉盆罷，手在滾湯的身體上尋找，手尋找到沒繫帶子的短褲裏。但是太陽的靈魂死定在那兒，寂寞死定在那兒。不知道是誰殉葬誰。

熱潮湧來時，多少急驟的螺旋，向左急旋，向右急旋，然後許多急驟的螺旋擠而來，各不相讓，也是分久必合，合久必分的撕扯不清，卻已不是趣味。不是兒童的趣味，不是病人的趣味。

又如：

認命的倒下來，身子下面有一灘害怕沾上來的什麼，小護士臉上一朵又一朵的嘲弄，然後是他閉上眼睛——關掉所有的不祥的漂白。他聽見自己呻吟著活不了了。

死亡把他抓得很痛。

不再是業餘了，溫度計插進口裏來。沒有業餘的死亡，單身宿舍沒有通到太平間去的路，而這裏，每一間病房，每一張病床，條條道路都是專業的通到太平間去。床墊給他不習慣的軟，躺在那個將校軟軟的身上。

或許和大多數的小說家一樣，朱西甯也熟知那一個陳舊而有力的創作原則：「過於雕飾的散文式修辭對小說是一種傷害。」是以在一九六五年出版的《貓》、一九六七年出版的《旱魃》和一部分發表於這兩年間的短篇（如〈老虎鄉長〉、〈第一號隧道〉）諸作之中，朱西甯稍微收斂了他對敘述的衷情——然而這並不意味著他願意接受上述那個「小說創作修辭原則」的全面規範；相對地，朱西甯卻益發耐心地選擇「可以適度發揮修辭魅力」的題材、敘事觀點乃至於情節特色，使敘述本身得以在適當的故事和人物「襯托」之下發揮神采。一九六八年發表於《純文學雜誌》的〈哭之過程〉就是一個典型的範例。

一個因戰亂離家數載的少年返鄉之後發現兒時孺慕單戀的對象（一個孤女）困於家計（或國難）而溷跡風塵，成為「守舊的人」（看著虔誠基督教信仰和傳統倫理情操的村民）口中的「母狗」。似乎沒有任何一種角色要比這樣一個少年更適於傾吐出下面這樣的語句：

癡癡的望著唱詩班裏的那個孤女，雪白的聖潔啊，她曾痛不欲生的哀傷。然而那樣的不幸會由著時間帶走而遠去了麼？失去父親的不幸是永遠存在著的。她是那樣的仰望著什麼，並不看著樂譜的在那裏高聲頌讚取走她父親的耶和華神。她似乎全然的平靜得不感覺到什麼不幸，什麼哀傷；一如她全然不知坐在遠遠的北區這邊的我，一個比她小並且全然陌生的孩子，正在思索著和關切著她的不幸，甚至感懷著哀傷，遠過於她此刻的心境——或者此刻的她一點也沒有意識到她的身世如何如何。

人是太寂寞，太隔絕了；為什麼那麼癡傻的把情感傾注於一個人，這個人由於不曾知道，便會什麼感覺也沒有呢？她應該感覺到什麼地方被刺痛，至少是被觸動。母親不是常說嗎，「誰叨念我啦？耳朵這麼熱！」我是感到母親才最懂得人跟人應該怎麼樣彼此體恤的。

以及：

我望著大風琴後面的小烘門。那天地雙手托著盛無酵餅的橢圓大瓷盤，走在第三個，從那門裏出來；偌大的教堂彷彿立刻敲響一聲大鐃的光亮起來，多大的絕望啊一下子就安心了。在她普魯士藍的陰丹士林罩袍的襟前，佩著領聖餐的圓牌。那纏人的聖詩，「太遲，太遲，你們不能進來……」。便是那種普魯士藍，她就該生來便是那首聖詩。然而在那一刻之間，她剛出現，她卻遠去了；她已經到了領聖餐的年齡，一如她已經參加了唱詩班，而我呢？而我一個也不是。手裏還握著留下一截線，她是那美麗的風箏，飄落到城裏去，她屬於那座城，而我不是。她只留給我一截什麼也不當的斷線，唱不成聲的那兩句纏人的聖詩，苦惱人要死。七哥還不曾考聖餐呢，我是更差一大截子的路；聖餐和唱詩班都在她那座城裏，我沒有資格進去。

藉著「天真敘述者」（native narrator）特殊的感性形式（如語調），來營造出一種柔膩婉約的散文敘述風格，使這篇原本可以流於「悼情」傳奇的作品延伸出另一層意義：小說中的「我」終於在接近文末的地方提出了當於辯證意味的質疑，還有解答；於是世故的讀者便可能倏爾發覺；俗透了的「孤女淪落故事」在作者感傷的敘述中包藏著深沉的思考課題：

我情不自禁的質問起來：「神就不照顧莊佩蘭那一家嗎？」不知是質問慈藹表姐還是那至高之神。

「當然，」我說：「約伯的痛苦，也是一種恩典。」

這樣，對於慈藹表姐自覺和自認的幸福，也許是一種告誡，或是一種諷嘲。

這並不是朱西甯第一次運用「天真敘述者」來導引小說的讀者。早在一九五八年，發表於《自由中國》雜誌的〈騾車上〉就曾經成功地借助於故事中那個還不大識字的孩子的觀點來凸顯「老舅」的精明刁鑽，「馬絕後」的慳吝愚蠢。及至一九七一年發表於《聯合報》的〈這場嘎嘎兒〉，一九七四年發表於《幼獅文藝》的〈我的麥稭蝸螺〉，一九七五年發表於《中國時報》的〈夕顏再見〉等作品，更透過孩童、少年甚至被主人遺棄的家狗來展示朱西甯迷人的敘述能力。

朱西甯在運用「天真敘述者」的技法之時，似乎並不介意將許多「不符合該敘遊者身分、教養、背景、認知和感情的」材料裝填到小說裏去（如〈夕顏再見〉裏的狗會有「我的小小香閨就在花架底下」之語）；一如他不介意在使用意識流技法時擴大了或度越了敘事觀點所能陳述的「內心活動」的範疇，因為朱西甯並不強調小說人物（角色）

「再現」（或複製）現實人物（角色）的功能性，卻是透過那些細膩的、精確的描寫或摹擬筆觸來彰顯敘述本身的自由。換言之：故事、情節、人物……都是在為小說家的敘述效命的。

對於激進的寫實主義者或自然主義者而言：選擇那些「存活於現實社會陰暗角落」中卑微的小人物及其「備受播弄的遭遇」自有其「典型」意義，此一「典型」的基本假設是：任何真實存在的人和事物都受到客觀科學的祕密制約。如果依照左拉一八八〇年《實驗小說》一書為自然主義所立的宣言中的看法：小說家已不再只是（像寫實主義者所曾經從事的那樣）蒐錄現實的觀察者，而是將作品中的人物放置於一套又一套的「處境」中加以實驗。這一類的實驗在十九、二十世紀之交往往要將小說人物的理智、情感諸元訴諸於「如何地吻合於牛頓的機械決論論、達爾文的生物論、馬克斯的經濟決定論，甚至佛洛伊德的本能與潛意識之決定論」。

朱西甯似乎並不全然服膺這些「決定論」的意識形態——而所謂「不全然」可以分為兩方面來看：一方面，朱西甯確曾處理過「備受播弄的人物及其遭遇」，也揭露過「社會底層小人物的卑屈、掙扎、抗辯或無奈」（如前述的〈騾車上〉、〈屠狗記〉、〈哭之過程〉、〈我的刺稽蝸螺〉和〈夕顏再見〉等）。另一方面，朱西甯卻並不強調那些自然主義小說家所預設的決定論前提。他和自然主義一派的小說之間比較「準確」的關係是：他也將小說視為一種「實驗」，而非「現實觀察的蒐錄」。自然主義以「實驗」取代「觀察紀錄」的論述宣告了它和寫實主義的決裂，爾後終於在諸般決定論的「典型」中步入虛脫的絕境。朱西甯則在繼承了自然主義「以小說為實驗」的精神之後擺脫了諸般決定論的預設前提，使小說中的人物成為小說敘述的傀儡或道具。

這樣說絲毫不意味著對朱西甯小說成就的非貶，相反地；也唯其在洞察朱西甯「以小說為實驗」（且不同於自然主義小說家者流之決定論實驗）的深刻底細，我們才有機會認識到朱西甯在二十世紀六〇和七〇年代之間許多「未入批評家法眼」而備受冷落的作品有著何等先驅的意義。

在本文曾經引錄的那些作品之中，朱西甯已經隱約透露出一種以敘述凌駕一切的企圖，然而，真正大膽的、以小說為一種「語言實驗」的嘗試大約始於一九六九年。朱西甯在這一年間發表的〈橋〉、〈冶金者〉、〈現在幾點鐘〉等作品顯然已無視於傳統小說的敘述格局。

在〈橋〉的後記裏，朱西甯如此寫道：

在構思如何處理這篇小說的同時，想起曾經和黃春明在市營巴士討論過「雙式舞台」的可能性。他是個異想多於實踐的小說家，很熱情又很專橫的肯定了只要是一個不盲不聾的欣賞者，必可同時接受雙式舞台的演出。十多年前，傘兵的一個劇隊上演過《台北二十四小時》（不用說那是模仿《重慶屋簷下》的了），其中曾有一幕一分為二的布景，不過並未做雙式演出，還不能算數。我不曾研究過戲劇史，不知可曾有過這種演出或劇作，好在我這篇作品仍屬小說，或可厚顏的自評為小說的異種，變種。

〈橋〉是一篇「貌似劇本」的小說，其場景（舞台）和人物（左醫院的左大夫及其獨生女小左、右英觀的右道婆及其獨生子阿右）設計顯現了並不難解的政治寓意，其內容之要旨——以小左和阿右之相戀、叛家和殉身來譴嘲積不相容的「左派／右派」兩個意識形態冥頑的對峙；似乎並沒有多少哲學上的深意，然而明知「我這篇作品仍屬小說」的朱西甯卻把黃春明的「異想」付諸「實踐」，而締造了台灣小說敘述的新形式。如：

> 人物姓氏係為作者及讀者記憶方便而定，譬如代數符號。人物的原姓名應為：麥大夫、白靈婆、麥小英、白信仕。讀者朋友中有記憶力特強者，可不受我的左右。

文中「可不受我的左右」之「左右」一語雙關：一方面仍呼應著「左派／右派」的對壘指涉，一方面請求讀者「不受我的左右」則顛覆了作者主控一切的論述地位。至於「雙式舞台的演出」，更是對傳統小說讀者閱讀習慣的空前挑戰。

右道婆和左大夫各自橋的兩端一路惡聲的追趕上去。

你給我滾回來，我怎麼生出這麼個不成器的兒子！ 滾回去嗎？那邊是左大夫醫院，媽媽，妳回心轉意了。	回頭，回頭，妳還那麼執迷不悟的去上當麼？ 回頭嗎？那邊是右英觀，爸爸，你真太開明啦。

右道婆和左大夫火透了，惱死了，為了弄錯了方向，又被自己的孩子這樣的調侃，取笑。

站在某種較為「嚴苛」的立場上看，論者盡可以批評朱西甯的〈橋〉只是在「玩弄小說的新形式」。抗拒「小說新形式」的論調在表面上所呈現的「嚴苛」並不足以自明其本質上所蘊藏的「保守」——那個保守的論調其實只是在維護某一種或俗成、或約定而懶得改變的閱讀習慣。「不習慣」在小說紙頁中間讀到那分隔「雙式舞台」橫線的讀者可能不相信朱西甯所謂的「我這篇作品仍屬小說」，他反而寧願反問作者：「為什麼不乾脆去寫劇本？」要不就這樣勸說作者：「還是規規矩矩寫一個故事好了。」

不過，對於此一時期的朱西甯而言，即令是「說一個故事」，也必須出之以「不規規矩矩」的敘述。〈冶金者〉就是絕佳的例子。

〈冶金者〉有三個全然不同的「下半段」——作者甚至在「或然之三」結尾之後還添上這樣一筆「或然之四……」。在「或然之一」以前（也就是小說的「上半段」），朱西甯塑造了三個「並不完整」的人物，他們分別是為了爭一隻金戒指而大打出手的阿螺、阿塗以及勸架不成、反而一磚擂倒另外兩個人的檳榔仔。在接下來的「或然之一」裏，讀者似乎讀到了一個「完整的敘述」——阿塗已經療傷回家、阿螺住院接受觀察，檳榔仔於探病時將那枚在扭打之中從阿塗嘴裏挖來的戒指還給了阿螺，並以之勸阿螺和阿塗言歸於好。「或然之二」則推翻了「或然之一」（更重要的是也推翻了由「或然之一」所決定的小說的「上半段」）——阿塗死了，阿螺到停靈處去撬開死者的嘴（他沒找著金戒指，卻挖下了一排四顆金牙冠），殺人的真凶檳榔仔非但沒有受到法律的制裁，反而藉著歸還戒指而贏得阿螺的感激和友誼。在「或然之三」裏，朱西甯再度推翻「或然之二」（以及由「或然之二」所決定的小說的「上半段」）——檳榔仔「慷慨地」將戒指歸還阿塗（因為他早已經知道戒指是假的），並再度挑起阿螺和阿塗的口角和拳腳衝突。

〈冶金者〉或許不期然地使人想起芥川龍介的〈竹藪中〉。然而朱西甯要比芥川更直接地挑戰了「小說的敘述」。對芥川而言，〈竹藪中〉揭發的是「不同觀點之下的不同真相」之間隱涵的人性衝突和價值矛盾。對朱西甯而言，卻是小說此一「敘述形式」本身的諸般問題……任何一個接受了「或然之一」（或者「之二」、「之三」）結局的讀者都會因為這個結局而「了解」（或「自以為了解」）了小說的「上半段」，倘若沒有「其他的」「或然結局」，則一篇小說便只容有一種「敘述形式」，遂也只容有一種「了解可能」。但是，當「接二連三」的「或然結局」出現之後（尤其是當第三個版本的結局顯示檳榔仔「曾經去銀樓驗出戒指是假貨」的時候），讀者不只讀到了不同的結局，也同時質疑起在前兩個「或然結局」中出現的檳榔仔之所以歸還戒指是否也出於相同的（只是未被敘述出來）緣故。從而，讀者也就有了另外一或二種新的「了解可能」。更深入一層看：朱西甯顯然洞悉傳統小說那種「唯一的敘述形式」極其僵固的「閱讀機制」：一篇擁有單一、封閉結局的小說只能喚醒一個單一且封閉的「了解可能」。當一篇小說「愈趨近結局」時並非使讀者「愈趨近真相」，而只是讓讀者「愈僵固其對整個閱讀過程的了解」。

〈冶金者〉對小說敘述形式的顛覆性實驗並不意味著朱西甯從此不再採取傳統小說

的論述方式從事創作。我們只能這樣猜測：基於對小說敘述本身的獨特興趣，朱西甯在〈冶金者〉的實驗中證明了那些塑造小說傳統形式的元素（如人物、情節、結構等等）及其美學（如人物性格必須統一、情節布局必須完整、結構必須嚴密等等）事實上是非常脆弱的，它們非但可以被敘述之改變（或然之一、二、三……X）摧毀，也可以被自由度更大的敘述加以取代。

在〈現在幾點鐘〉裏，朱西甯幾近戲謔地把小說當成一個敘述語言的實驗場——他讓敘事觀點所寄寓的「我」馳騁其毫無節制的聯想或想像，使意識之流滲透、氾濫於大量且繁瑣的諸般生活細節之中——如果把這些看起來「無關宏旨」的「廢話」刪掉，我們可以毫不猶豫地說：於小說的情節、人物、結構甚或「主題」並無大礙。下面是幾個現成的例子：

窗上垂著的又是格子花色的窗簾，完全是她自己獨斷專行的主意。自然那並不是根據什麼室內布置圖樣製作的窗簾，也沒有用掛在橫軌上的那種小小的滑輪，而只是一串銅鋁合金的環子。每逢拉動窗簾，便發出環子刮在鐵絲上不甚悅耳的嘎聲，好像鋸到你牙根上，又酸又癢的難受。

……

有什麼辦法呢？尼龍的質材，總是不吃汗的，難免不有些不很正常的氣味。現在是捧著雙倍的錢，都買不到線襪。對於腳汗重的人，這是近乎鄉愁的一種懷念。對於我這個一次又一次不肯記取教訓，常因忘記隨身攜帶衛生紙，而眼睜睜瞪著被犧牲的襪子絞進抽水馬桶漩渦裏的人來說，尼龍質料的襪子，滑滑的不吃水，顯然也不是很稱心的一種衛生紙代用品。只不過價錢倒還算低廉公道。我是從來不穿十塊錢以上的襪子，從來沒有例外過。

……

跟阿金伯學放電影的那個期間，你就會為所謂堂堂進入第三十天而倒盡胃口。那時你放完一本片子，便倒過一本片子，領票小姐電筒的電池也都充了電，而實在沒有什麼可做的了，你不得不無聊的找一找，迎著銀幕，或者在炭精光的餘暉裏，看看邊座或最後一排的觀眾裏有沒有嘴對嘴之類的剪影。

……

你不能順理成章的想像得出，她是去下班的途中，還是下課回來，有一天，想起要買一隻塑膠盆，有一頂帽子大，不是面盆，買來沖澡用。或者不止一天，每到洗澡時便想起這個需要。而每經過那條巷口，只要彎進去走上幾十步，蛇店的隔壁就是賣這種小盆子的商店。但走過那裏總是忘掉了；洗澡時再又想起來。或者只不過是到那家商店去買衛生紙，發現這種小盆子很可愛，可以沖澡，就買了它。後者可能比較合理，然而你總似乎想像不出她是那麼一個很家務的女人。她仍然是小女孩式的把指甲剪得很齊，甚至於剪到肉裏。

……

遠遠的望著四隻腳，雖然經過小小的摩擦，不似先前那樣站隊一般的整齊，但並不影響你覺得好像伏在地上，遙望著水平線那邊行著四輪帆船。莫名其妙的我發現有些不解，並且幼稚的好奇起來；為什麼你跟她並排在一起，或者跟她臉對臉的時候，總都是你的右腳和她的左腳相接觸，或者她的右腳和你的左腳相接觸。問題是你的方向變了，你的腳仍然和她那隻腳在一邊。

但是，我們並不能隨心所欲地刪掉這些「廢話」，因為正是這些「廢話」之「無關宏旨」，使細讀此一小說並感受作者敘述趣味的讀者發現：小說也可以有其非關任何宏旨卻仍能帶給讀者閱讀喜悅的內容。當然，朱西甯在〈現在幾點鐘〉一文中帶給讀者的不只是一種插科打諢式的閱讀喜趣；更重要的是：這樣的作品徹底扭轉了讀者對於小說的期待。期待小說結局解決主人翁困境的讀者、期待小說人物因神悟而自某種渾沌中轉為清明的讀者、期待某一事件或內心衝突彰顯出某種道德、政治或情感論述的讀者……只有在讀完作品爾後發覺「有一點失望」的同時，才有機會明瞭；所謂「無關宏旨」，乃是由於那些「宏旨」原本就不必然和小說有關，小說的敘述也從此自那些「宏旨」的陳腔濫調中解放出來，得著了自由。

朱西甯的〈現在幾點鐘〉可以被看作是他個人以及台灣新小說的一部里程碑一般的作品。此作脫稿之後整整一年，他完成了〈貳〉。在接下來的一九七一年中，〈蛇〉發表於《今日世界》畫刊，〈巷語〉發表於《中華日報》、〈貳的完結篇〉發表於《中國時報》。到一九七二年間，發表於《幼獅文藝》的〈方生未死〉和《中華文藝》的〈小說家者流〉也一直賡續著這種「縱意所如」、「逸趣橫生」之敘述風格，直到一九七五年，那部描述一個結了五次婚的無聊男子周旋於「一個接一個的女友和妻子之間」故事的長篇〈春風不相識〉問世，朱西甯的新小說時期才算告一段落。

新小說（The New Novel）在四〇年代末、五〇年代初崛起於法國文壇、到六〇年代蔚成一國際文學現象的整個發展隱隱然有一種相關於人文與社會環境的必然性。這個流派的作家從未像十九世紀末以降的自然主義者或二十世紀初以來的社會寫實主義者那樣或多或少包藏著為文學創作制訂一種規範的企圖。嚴格地說來：新小說並沒有那些封閉結構的文學流派所必備的理論和法則，然而新小說在創作上秉持開放性態度的傾向亦並非「文學的無政府主義」。在主張「作家退出小說」、「形式即內容」等看似激烈的理念的同時，這個流派的創作者的確將傳統小說中那些明明屬於「虛構」的人物塑造、情節布局、抽象主題等元素支撐起來的「偽飾的現實」予以摒棄，然而，作家並沒有放棄敘述；同樣地，作家也未曾放棄語言。新小說家們也不乏在作品中陳設「人物」——只不過這「人物」形同道具。新小說也具備「情節」——只不過這「情節」往往不是為了推向結局而鋪陳，它甚且只是零亂地穿插錯落以干擾讀者那一分對結局的期待。新小說更未放棄那個從左拉開始就標榜的「以小說為實驗」的論述——只不過實驗的對象不再是人物，而是語言：在新小說的實驗裏，以類似立體主義畫派的繁瑣筆觸所鋪陳出來的語言世界充滿著意義並不確鑿的物象、意識、狀態和捉摸不定的情感。作者的敘述得以任意調配那些充塞於平凡人生活中支離破碎的經驗和現象，而且並不負責求得這一實驗的「結果」或「結論」。

朱西甯的新小說創作是否直接或間接得自法國新小說運動的啟發尚有待進一步的考證。不過，從前述的〈現在幾點鐘〉開始，至少在「人物」和「情節」的退居次要地位，以及與小說「宏旨」（主題）看似並無意義關聯的物象、意識、狀態和情感之陳述，乃至於假意識流技法而呈現的諸般支離破碎的經驗、現象等方面言之，朱西甯的確堪稱是台灣地區的第一位新小說家。

在「人物」的退居次要方面：讀者除了從外在條件上（如姓名、年齡、職業和明顯的經歷等）以分辨出〈現在幾點鐘〉、〈貳〉（以及〈貳的完結篇〉）、〈蛇〉、〈方生未死〉和〈春風不相識〉各篇的主人翁（兼敘事觀點）並非同一個人之外，恐怕很難就敘述本身分辨這幾個「人物」的差異。如：

老牛仔二度射擊蘋果。蘋果放在比基尼裝的女人恖門兒上。又是給人酸淫淫的那種童稚期的性感覺。莫名其妙！而且，威廉泰爾愈是瞄準的久，愈是助長這樣的感覺。甚至於全無心肝的欲望著馳出的彈丸穿進女人的身體才最好。虐殺，然而是不求致死的虐殺。令人慚羞，我操。完全是童稚期那種不明就理的衝動，潛伏著的虐待女子的欲望。怎麼我這個人又過回頭了，負數的成長？豈有此理。

……

你會漸漸的發現，父親那一輩的男人怎麼能那樣的光彩而喪盡天良，可以養姘婦，討小，可以把下女的肚子弄大而處理得很得當，可以公然把酒女帶回家來叫兒子認乾媽而平安無事……總之，父親們是一片無往而不利的風光，但是到了你這一代，你完了，你只有自瀆的本領，即使這樣，也要受到良心的責備。

……

在這麼樣的深山裏，深夜裏，小客店，正是精靈們喬扮絕色女子出現，跟風流旅客性愛的良辰美景之時。問題是電燈，現代文明。還有，問題在肥仔，俗物！那樣子如雷貫耳的鼾聲，不解風流，什麼精靈敢來一結風月之緣！還有那個傳教士，今之法海，掃興如昔……

然而，聊齋時代遠矣。我們這一代的書生，即使明知是夢罷，也連一點點夢色都已褪落。無味的一代！無味來自無夢。只是煩惱依然；進京趕考，聯考，托福考，藥劑師特考，十年寒窗，其考雖一，卻是缺少一位小青陪你開夜車。陽春麵或吐司麵包的消夜……。

這三則分別摘自〈貳的完結篇〉、〈現在幾點鐘〉和〈蛇〉的內容都和性的態度與幻想有關，分別出自中年世故的電影編劇、聯考一再落榜的失業青年和困處於荒山野店誤以為褲子裏鑽進來一條小蛇的大學生。有趣的並不是這三個「人物」對性的「看法」或「解釋」是否相近或如何類似，而是「敘述」這三個人物意識活動的語言確乎是非常一致的。朱西甯似乎並不擔心這些分屬於不同小說中的人物在相同的敘述語言之下會呈現「彼此面目或個性相互重疊而顯得模糊」，因為「人物」在新小說中根本只是整個敘述語言實驗所使用的工具而已，而傳統小說向例所強調的「個性分明／性格判然」的塑造才是徹底的「假說」。

在「情節」的退居次要方面：〈蛇〉、〈貳〉、〈貳的完結篇〉還有〈方生未死〉都不比〈現在幾點鐘〉更為複雜。朱西甯只消將他的「人物」放置在其一簡單的情境裏（如：「上山採標本的大學生誤以為褲子裏鑽進了一條蛇」、「紅編劇出賣名銜的交易過程」、「小公務員誤會老情人的丈夫胃癌去世」），「情節」即已完成，其餘絕大部分的篇幅完全交由敘述語言逞其「天馬行空」、「不假羈縻」的鋪衍予以補充。以〈蛇〉為例，當走廊上「又響起了腳步聲」之後，就會引出這一連串的敘述：

又是那塊壞地板。刺耳的響著，被踏得咬牙切齒的叫著痛。一定是個比肥仔位還重的巡洋盤。……

……

又進來兩個人，旅館裏的什麼人罷，胖女人，活活的是一艘航空母艦。幹嗎？看熱鬧來啦！……

……

哎呀，先生，航空母艦搶著插嘴進來。人心不足蛇吞象，有這句老話的。

可能是旅館的老闆娘罷、要妳多嘴多舌的！何止大象，連妳這艘航空母艦也吞得下。……

……

請把門關上好嗎，很冷。我向那個一直躲在航空母艦背後的小拖船說。那是個似乎很害羞的大孩子，有點阿美族人的味道。不聲不響的，真就是一條小拖船，沒有馬達和汽笛。……

……

恐怕不在裏頭了，早就溜掉。航空母艦說。

多嘴婆，妳不開口，人家不會派妳是啞巴的。他媽的。……

……

那個小拖船忙著把眼睛避開。原來他是一直在盯著我看。一對阿美族式的眼睛，有些深陷，總是那麼不安的閃閃躲躲。

……

還算好，航空母艦還算知趣，向這邊站來了一些。非禮勿視。不管怎樣，再醜再老的女人，任你怎麼樣也產生不了性別感的女人，仍然會不好意思——我是說，雙方都會有些尷尬的，像這樣的局面。……

……

唯一的聲息是航空母艦濁重的呼吸，使人同情的感到她站在那裏，肩上一直扛著兩百斤的米袋，好辛苦。等事情過去，我要問肥仔，一個胖子會不會時時感到自己的體重所加給自己的負擔。至少，部分的重量會不會清晰的感覺得到；譬如拖著二十台斤的屁股，總是要向後面頓挫，倒車比前進省力一些。……

上多引文是〈蛇〉中全部關於旅館主人（母子？）的敘述，這些敘述和夾住它們之間的「……」符號所節略的內容有一個共同之處：兩者都沒有使「誤以為褲子裏鑽進了一條小蛇」的「情節」更「豐富」，讀者若會由於上列這些段引文的「加入」而感覺有趣，也不會是基於「情節」上的考慮——畢竟這「航空母艦」和「小拖船」的登場並非「情節」之必需。擴大言之：由「……」符號所節略的內容未必全屬「情節」之必需——我們甚至可以這麼說：沒有什麼內容在〈蛇〉這篇小說裏要比「上山採標本的大學生誤以為褲子裏鑽進了一條小蛇」這句摘要更屬「情節」之必需了，因為「情節」在朱西甯的新小說之中輕微得無法提出它的任何需要。

「人物」、「情節」之退居次要地位最為明顯的一個例子是〈巷語〉。這篇小說由五段各自獨立的雙人對話組成。對話的內容大多是家常瑣事，話題唯一的交集是關於「崔衡」這個人物「寧可討妓女做妻子，不要討妻子去做妓女」的經歷。在這整篇小說之中，非但話題的焦點「崔衡」沒有登場，連這些傳遞著「閒話耳語」的人物都面目不彰；更無所謂「情節」云者。朱西甯卻讓「對話」（語言本身）成為這篇小說真正的「主角」：

我問你個人，你還記不記得？

誰？

崔衡。

哪個崔衡？

就只一個崔衡，還有幾個崔衡！

倒很耳熟；一時怎麼記不起來了。媽的，我這個腦子壞了。

你裝熊。

這要裝牠幹嗎？裝，是這個……

王八？

翻過來——佛手。

別糟蹋佛爺了。我問你，當年，咱們剛一入伍，那位排長，你不記得了？

排長？崔排長？——崔區隊長罷？

你這個豆腐腦子！後來改編教導總隊，才叫區腦子！——後來改編教導總隊，才叫區隊長。一入伍時，哪裏什麼——

對對對，那是後來的事。媽的，你看我這腦子，真叫完蛋了。

和任何一位當代台灣小說家相較，朱西甯都有一個獨特的標記——他窮究語言而樂之不疲的興味；這種對語言的情有獨鍾不只讓他出人於〈狼〉、〈鐵漿〉、〈這場嘎嘎兒〉之類帶有濃厚地方色彩的作品而游有餘刃，同時也促使他對小說敘述本身的諸多課題產生關切。我有幸能在一次「大馬留華學生小說獎」的評審會議上親聆其教，曰：「『有事兒』的小說好寫；『沒事兒』的小說不好寫。」才大約體會出他擺脫傳統小說經營「有事兒」的種種手段——如人物塑造、情節布局、情景設計、主題象徵等等；是如何地暗合於新小說家者流刻意強調敘述形式的精神，也才逐漸得以了解；朱西甯勇於以「沒事兒」的破格創意，早在六〇和七〇年代之間已悄然完成了他自己的小說革命。到了九〇年代之初，後學的年輕小說作者如果仍著迷於所謂「後設小說」（metafiction）之新奇可愕，便不該忘卻前輩作家曾經如何沉默又寂寞地挑戰過他的「那個現在」。

原載一九九一年四月二十七——二十九日，〈中央日報．中央副刊〉

朱西甯作品出版年表

◆小說類

短篇

作品	時間	出版社
1大火炬的愛	一九五二年六月	重光文藝出版社
2鐵漿	一九六三年十一月	文星書店
	一九七〇年四月	皇冠出版社
	一九八九年七月	三三書坊
	一九九四年三月	遠流出版公司
	二〇〇三年四月	印刻文學出版社
	二〇一八年十月	九州出版社（簡體版）

3 狼	一九六三年十二月	大業書店
	一九六六年十一月	皇冠出版社
	一九八九年九月	三三書坊
	一九九四年三月	遠流出版公司
	二〇〇六年四月	印刻文學出版社
	二〇二一年五月	北京日報出版社（簡體版）
4 破曉時分	一九六七年二月	皇冠出版社
	一九八九年十二月	三三書坊
	一九九四年二月	遠流出版公司
	二〇〇三年四月	印刻文學出版社
	二〇二一年四月	河南文藝出版社（簡體版）
5 第一號隧道	一九六八年十月	新中國出版社
6 冶金者	一九七〇年四月	仙人掌出版社
	一九七二年四月	晨鐘出版社

	一九八六年十月	三三書坊
	二〇二一年十二月	印刻文學出版社
7 現在幾點鐘	一九七一年二月	阿波羅出版社
8 奔向太陽	一九七一年十二月	陸軍出版社
9 非禮記	一九七三年五月	皇冠出版社
10 蛇	一九七四年七月	大地出版社
11 朱西甯自選集	一九七五年一月	黎明出版社
12 春城無處不飛花	一九七六年五月	遠景出版社
	一九七九年五月	三三書坊
	一九八九年三月	遠流出版公司
13 將軍與我	一九七六年八月	洪範書店
14 將軍令	一九八〇年一月	三三書坊
	一九九四年三月	遠流出版公司
15 海燕	一九八〇年三月	華岡出版社
16 七對怨偶	一九八三年八月	道聲出版社
17 熊	一九八四年七月	皇冠出版社

18 牛郎星宿	一九八四年八月	三三書坊
19 新墳	一九八七年八月	文藝風出版社（香港）
20 朱西甯小說精品	一九九九年五月	駱駝出版社
21 現在幾點鐘——朱西甯短篇小說精選	二〇〇五年一月	麥田出版社
22 加減乘除	二〇二一年十二月	印刻文學出版社
23 小說家者流	二〇二二年一月	印刻文學出版社

長篇

作品	時間	出版社
24 貓	一九六六年十一月	皇冠出版社
	一九九〇年八月	三三書坊
	一九九四年二月	遠流出版公司
	二〇二一年十一月	印刻文學出版社
25 旱魃	一九七〇年四月	皇冠出版社

		一九九一年三月	三三書坊
		二〇〇五年六月	印刻文學出版社
		二〇一八年十月	九州出版社（簡體版）
26	畫夢紀	一九七〇年八月	皇冠出版社
		一九九〇年七月	三三書坊
		二〇二一年十一月	印刻文學出版社
27	春風不相識	一九七六年八月	皇冠出版社
28	八二三注	一九七九年四月	三三書坊
		二〇〇三年四月	印刻文學出版社
29	獵狐記	一九七九年七月	多元文化公司
		一九八四年二月	三三書坊
30	林森傳	一九八二年六月	近代中國出版社
31	茶鄉	一九八四年十月	三三書坊
32	華太平家傳	二〇〇二年二月	聯合文學出版社

中篇

作品	時間	出版社
33 黃粱夢	一九八七年七月	三三書坊

◆散文類

作品	時間	出版社
34 鳳凰村的戰鼓	一九六六年七月	台灣省新聞處出版部
35 朱西甯隨筆	一九七五年六月	水芙蓉出版社
36 曲理篇	一九七八年九月	慧龍文化公司
37 日月長新花長生	一九七八年十二月	皇冠出版社
38 微言篇	一九八一年一月	三三書坊
39 多少煙塵	一九八六年六月	台灣省訓團

◆其他

作品	時間	出版社
40紀念朱西甯先生文學研討會論文集	二〇〇三年五月	聯合文學出版社
41台灣現當代作家研究資料彙編朱西甯	二〇一二年三月	國立台灣文學館

INK PUBLISHING

朱西甯作品集 10

小說家者流

作　　者　朱西甯
總 編 輯　初安民
責任編輯　林家鵬
美術編輯　陳淑美　黃昶憲
校　　對　吳美滿　朱天文　朱天衣　林家鵬

發 行 人　張書銘
出　　版　INK 印刻文學生活雜誌出版股份有限公司
新北市中和區建一路249號8樓
電話：02-22281626
傳真：02-22281598
e-mail:ink.book@msa.hinet.net
網　　址　舒讀網 http://www.inksudu.com.tw

法律顧問　巨鼎博達法律事務所
施竣中律師
總 代 理　成陽出版股份有限公司
電話：03-3589000（代表號）
傳真：03-3556521
郵政劃撥　19785090 印刻文學生活雜誌出版股份有限公司
印　　刷　海王印刷事業股份有限公司

港澳總經銷　泛華發行代理有限公司
地　　址　香港新界將軍澳工業邨駿昌街7號2樓
電　　話　852-2798-2220
傳　　真　852-2796-5471
網　　址　www.gccd.com.hk

出版日期　2022年 1 月 初版
ISBN　978-986-387-433-1

定價　330元

國家圖書館出版品預行編目(CIP)資料

小說家者流／朱西甯 著.
--初版. --新北市中和區：INK印刻文學，2022. 01
面； 14.8 × 21公分. --（朱西甯作品集；10）
ISBN 978-986-387-433-1 (平裝)

863.57　110007620

舒讀網

新匯流出版中心
贊助出版